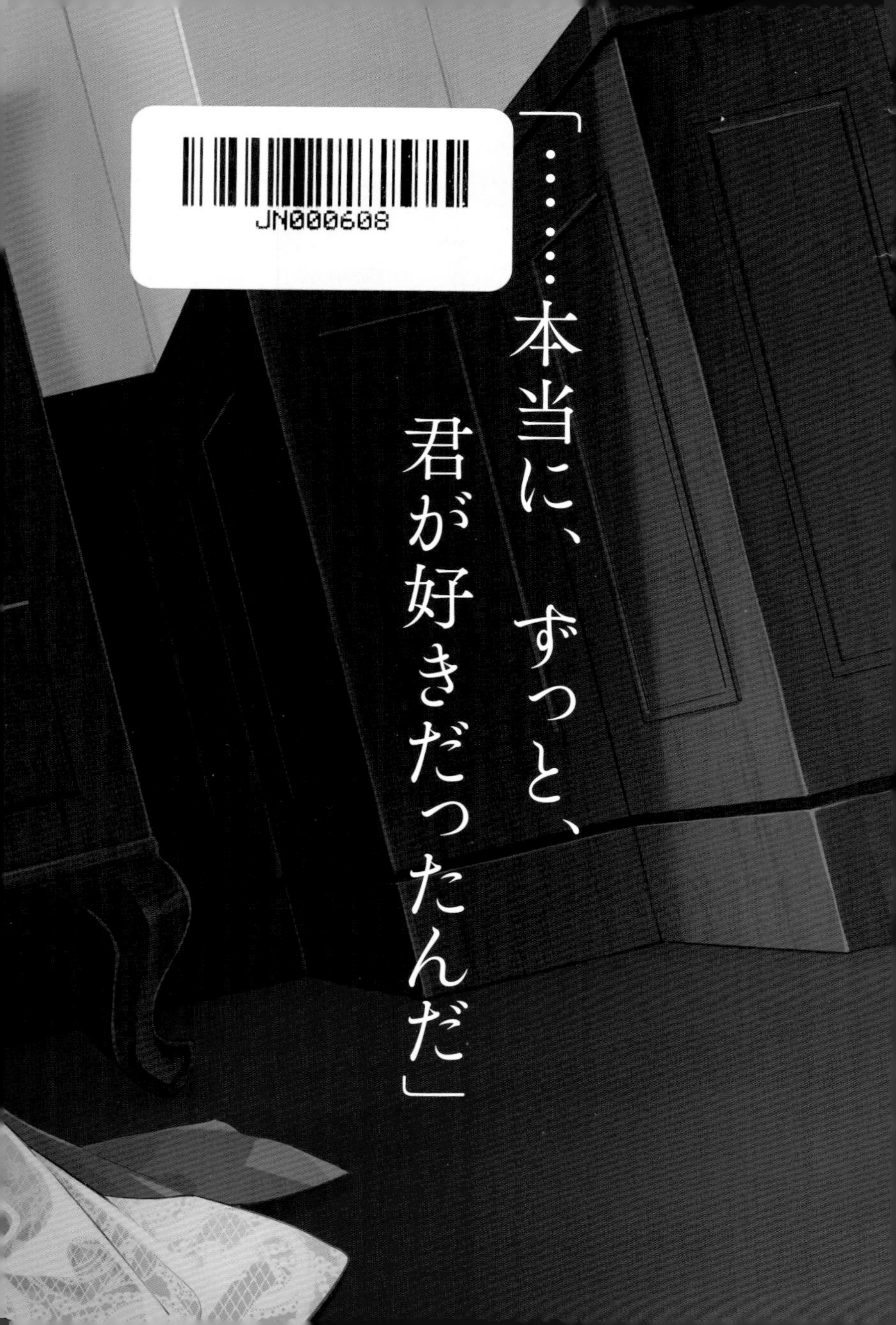
「……本当に、ずっと、
君が好きだったんだ」

シリル・
クレイン
侯爵家令息。かつてヴィオラに告白したことがある。

ヴィオラ・ウェズリー
記憶喪失を装って婚約破棄するはずが、フィリップの激甘ペースに巻き込まれてしまい…。

フィリップ・ローレンソン
公爵家令息。その美しさと寡黙さから氷の貴公子と呼ばれている。ヴィオラが記憶をなくした途端、溺愛を隠さなくなり!?
レックス・ダウラント
ヴィオラの年上の従兄弟。頭が良く話し上手で女性から絶大な人気。よくヴィオラをからかって遊んでいる。

Illustration 雨壱絵穹

婚約破棄を狙って記憶喪失のフリをしたら、
素っ気ない態度だった婚約者が
「記憶を失う前の君は、俺にベタ惚れだった」
という、
とんでもない嘘をつき始めた
1
著 琴子
イラスト 雨壱絵穹

Contents

婚約者とわたし

「いい天気ですね」

「ああ」

何か話題をと必死に考えた末に口から出てきたのは、そんなありふれた言葉で。いつも通り素っ気ない返事を返されてしまい、再び沈黙が流れる。

わたしは小さく溜め息をつくと、公爵邸の窓の外の景色から目の前に座る美しい男へと、視線を移した。

――フィリップ・ローレンソン。公爵家の嫡男である彼は、わたしの婚約者でもあった。

夜空のような濃紺の髪に、輝く星にも似た金色の瞳。その顔立ちは、誰もが目を見張るほどに整い過ぎている。寡黙でいつも無表情な彼は氷の貴公子と呼ばれており、その美しさから社交界でも絶大な人気を誇っていた。

そんな彼は、この気まずい空気が気にならないらしく、涼しい顔で優雅にティーカップに口をつけている。

……子爵家の娘であるわたし、ヴィオラ・ウェズリーは何をとっても、間違いなく彼と釣り合わない。一つだけ良いところがあるとすれば、少し見目が良いことくらいだろう。けれどそれも彼の前では霞んでしまう。

何故そんなわたしと彼の婚約が成立したかというと、ローレンソン公爵家は過去に家の存続がかかった危機に瀕し、それを救ったのが占い師だった当時のウェズリー子爵令嬢だったという。彼女の言う通りにしたところ、全てがうまくいったのだとか。

礼をしたいという公爵に対し、子爵令嬢は「いつかお互いの家に、同い年の異性の子供が生まれたら、二人を結婚させて欲しい」とだけ頼んだらしい。そして百年以上が経ち、ようやく条件を満たしたのがわたしとフィリップ様だった。

ローレンソン公爵家は未だに我が家に対して恩義を感じているらしく、フィリップ様の一ヶ月後に誕生した生後数日のわたしに、婚約を申し込んできた。我が家としては断る理由もなく、あっという間にこの婚約は結ばれたのだ。

「あの、フィリップ様」

「何だ」

「こうしてお会いするのは月に一度に戻すよう、フィリップ様からも公爵様へ言って頂けませんか？」

幼い頃から月に一度は必ず、こうして二人で過ごす時間が設けられているけれど。今ではただ向かい合ってお茶を飲み、ぽつりぽつりと言葉を交わすだけ。

基本わたしが何か話しかけて、彼が「ああ」とか「そうだな」と返して終わりなのだ。苦痛でしかない。

元々彼は口数は多くないけれど、わたしの前では余計に喋らなくなるのだ。それも、子供の頃から。毎度、早く時間が過ぎないかと祈るばかりだった。

けれど数ヶ月前から突然、それが月に二度になった。公爵様が何を考えているのかわからないものの、お互いにとってこんなにも無駄な時間はないだろう。特にフィリップ様はお忙しい方だ。先日、一度に戻して頂けませんかと公爵様にお願いしたけれど、笑顔で流されてしまった。

「何故だ？」

もちろん彼も同じ気持ちだろうと思っていたのに、そんな言葉が返ってきたことで、わたしの口からは間の抜けた声が漏れる。

「な、何故って……フィリップ様はお忙しいでしょうし」

「暇ではないが、数時間程度だ。支障はない」

そう言われてしまっては、「わかりました」と言うほかない。そしてまたしばらく沈黙が続いた後、口を開いたのはフィリップ様だった。

「来週、知人の夜会に招待されているんだ。君も一緒に参加してくれないだろうか」

「わかりました」

婚約者として、彼と社交の場に出ることは多くない。どうしてもわたしも一緒に行かなければならない場合だけ、こうして彼から誘ってくる。

けれど参加したところで、彼はわたしが一緒だと最低限の挨拶を済ませた後、毎回すぐに帰ろうとするのだ。一人の時にはそうではないと、周りからも聞いている。そんなに人前でわたしといるのが恥ずかしいのだろうか。

わたしはわたしで、フィリップ様を慕う令嬢達から嫌味を言われるのが嫌で、一人では社交の場にほとんど出ないため、引きこもりのような生活になりかけていた。フィリップ様の助けになるよう幼い頃から厳しい教育は受けてきたものの、わたしなんかに公爵夫人の荷は重すぎる。

本日何杯目かわからないお茶を飲み干すと、またしばらく続くであろう沈黙を前に、わたしは木でできたテーブルの年輪の数を数え始めたのだった。

◇◇◇

「今日はありがとうございました。では来週、夜会の時に」

「ああ」

フィリップ様は用事があるらしく、あれから三十分ほどでお開きになった。彼はどんなに忙しくとも、必ず馬車までわたしをエスコートしてくれるのだ。

馬車に乗り込み窓から彼の姿が見えなくなると、わたしは深い溜め息をついた。

「……はあ」

十八歳になったわたしと彼の結婚式まで、あと一年程。このまま結婚したところで、お互い幸せになどなれないだろう。フィリップ様にはもっと相応《ふさわ》しい相手がいるはずだ。

我が家も子爵家といえど裕福で、彼との結婚がなくなったとしても困らない。

『フィリップ様なんて、大嫌い！』

『……俺も、嫌いだ』

ふと、そんな昔のやり取りを思い出す。確かあれは十四歳の頃だった。それまではフィリップ様はあまり会話はしてくれないものの、今ほど気まずくはなかった記憶がある。

一人馬車に揺られながら、どうにかして婚約を破棄する方法はないだろうかと、ぼんやり考えていた時だった。

突然、物凄い音と共に馬車が揺れ、次の瞬間には天地がひっくり返っていて。それと同時に頭に衝撃を感じ、そこでわたしの意識は途切れたのだった。

嘘つきのはじまり

「……う、」

ゆっくりと目蓋を開ければ、痛いくらいの眩しさにわたしは慌てて目を閉じた。何度か瞬きを繰り返しているうちに、少しずつ瞳が光に慣れてくる。

やがて見慣れた天井がはっきりと見え、自室のベッドの上にいるのだと理解した。

なんだかとても長い間、眠っていたような気がする。

ふと視線を動かせば、ベッドのすぐ横に立ち、目に涙を溜めたメイドのセルマと目が合った。彼女は「だ、旦那様と奥様を呼んできます」と震える声で言うと、そのままパタパタと部屋を出て行ってしまう。

そしてすぐに、彼女と共に両親が部屋へと入ってきた。

「ヴィオラ!? 目を覚ましたのね……!」

「ああ、本当に良かった。一週間も眠っていたんだよ」

二人ともわたしの手を取り、涙ぐんでいる。一体どうしたんだろうと、うまく働かない頭で考えているうちに、だんだんと記憶が蘇ってきた。

……ああ、そうだ。ローレンソン家からの帰り道、婚約破棄の方法を考えていたら馬車がひっくり返ったんだった。

もしもあのまま死んでいたなら、ある意味婚約破棄は成功していたと一人苦笑いをしつつ、自身の身体へと意識を向ける。身体が重いだけで痛みは一切ない。

それにしても、まさか一週間も眠っていたなんて驚いた。やけに空腹感がある訳だ。とにかく身体は大丈夫そうだと、両親に伝えようとしたその時だった。

「ヴィオラ、大丈夫？　私がわかる？」

未だに一言も喋っていなかったわたしを心配したらしいお母様に、そう尋ねられたのだ。それと同時に、わたしは一つの名案を思いついてしまった。

――もしやこのまま記憶喪失のふりをすれば、フィリップ様と婚約破棄できるのではないだろうか？

「記憶がないので、何にもわかりません！　エヘへ！」という馬鹿なフリをしていれば、公爵夫人など務まらないと判断されるに違いない。これならお互い揉めることもなく、仕方ないと円満に婚約破棄できるのではないだろうか。

心配してくれている家族には申し訳ないけれど、後から本当のことを話し、ひたすら謝るしかない。フィリップ様との結婚に関しては今しかチャンスのない、一生の問題なのだ。

敵を欺くにはまず味方から、という言葉があるくらいだ。誰にも言わずに一人で作戦を実行することを決める。

やがて一息つき、自分は女優だと自身に言い聞かせると、わたしは口を開いたのだった。

◇◇◇

「お嬢様、旦那様が広間でお呼びです」

「わかったわ。ありがとう」

目が覚めてから、三日が経った。必死の演技のお蔭で、何とか皆わたしが記憶喪失だということを信じてくれている。

ちなみに馬車は崩れた崖の一部が直撃したことにより半壊したらしく、わたしがこうしてかすり傷程度で済んだのは奇跡だという。御者も手足を骨折してしまったものの命に別状はないらしく、本当に良かった。

医者には記憶がないと伝えたところ、目に見える外傷はないけれど、揺れなどの衝撃で脳にダメージがあったのかもしれないとの診断を受けた。実際のところ、ダメージも何もないのだけれど。

一生記憶が戻らなかった症例もあると言われ、両親はひどく動揺していた。心が痛んだけれど、もう後には引けない。流石《さすが》に医者には嘘がバレるかもしれないとヒヤヒヤしていたけれど、なんとかやり過ごせて安堵した。

「……しっかりしなきゃ」

軽く両頬を叩き、気合を入れる。

記憶のないふりをするのは、意外と大変だった。当たり前のようにしていたことすら、わからないという顔をしなければならないのだ。一日中、気を張っている必要がある。

広間へと行くと既にお父様がソファに腰掛けていて、柔らかい笑みを浮かべ、わたしに向かって手招きをしていた。お父様は昔からわたしに甘い。本当に甘いのだ。事故に遭ってからというもの、その甘さに拍車がかかっている。

お父様の向かいに座ると、すぐにメイドがわたしの好きなお茶とお菓子を用意してくれた。

お父様は他愛のない話をした後、一拍置くと「実はな」と真剣な表情を浮かべて。わたしはいよいよ来たかと、これからお父様がするであろう話の内容を察した。

「ヴィオラにはフィリップ様に会ってもらいたいんだ」

「フィリップ様、ですか？」

「ああ、ヴィオラが生まれた時から婚約している方だよ。事故に遭ったお前をとても心配していて、毎日自ら花を届けに来てくださっているんだ」

「えっ」

思わず驚きの声が漏れてしまい、わたしは慌てて口元を手で押さえた。お父様はどうやら婚約者がいるということに驚いたと思ったらしく、いきなり婚約者と言われては驚くよなと言って、困ったように微笑んでいる。危なかった。

どうやら目が覚めてからというもの、日替わりで部屋に飾られている素敵な花は全て、フィリップ様が毎日自ら届けてくださっていたものらしい。まさかあの彼がそんなことをしてくれていたとは思わず、驚いてしまう。

「お前の顔を見るのは、体調が良くなったらで良いと言ってくださっていたんだ。だからこそ、そろそろお会いして記憶がないことも話さなければならないと思ってな」

「そうだったんですか。フィリップ様はとてもお優しい方なのですね。ぜひ、お会いしてみたいです」

「そうか、それならすぐに手筈を整えよう」

お父様は嬉しそうにそう言うと、執事に何やら指示を出している。わたしは紅茶を飲みながら、ここからが本番だと、心の中で一人気合を入れ直したのだった。

そして翌日。毎日訪ねてくださっていただけあって、早速フィリップ様との対面の時がやってきた。

メイドから彼の来訪を告げられた後、わたしは姿見の前に立ち、最終チェックをした。記憶がないアピールの一つとして、今まで好んで着ていなかった系統のドレスばかりを着るようにしている。

いつもアップヘアにしていた髪も下ろしていることで、大分印象は変わったように思う。

やがて応接間へと行くと、そこには相変わらず恐ろしいほどに美しい顔をした、わたしの婚約者が座っていた。

彼はわたしを見るなりいつもの無表情を崩し、安心したような、今にも泣き出しそうな、なんとも言えない顔をした。その様子に思わず動揺しかけたけれど、なんとか堪《こら》える。

ちなみにわたしが来る前に、お父様の口からわたしの記憶がないことをフィリップ様に伝えてもらっていた。

「えっと、こんにちは……？」

躊躇《ためら》うように、且つ少しだけ恥じらいながら。そして記憶喪失中のわたしのテーマである頭の悪さを出すため、フィリップ様に向かってへらりと笑顔を向ける。

すると彼は驚いたように、切れ長の瞳を見開いた。

「……本当に、記憶がないんだな」

信じられないという表情を浮かべ、そう呟いた彼を見て、わたしは心の中で「いける」と確信したのだった。

いざ、婚約破棄へ

わたしとほぼ同時に、応接間へとやってきたお母様がお父様の隣に腰掛けたことで、わたしは自然とフィリップ様の隣に座る形になる。

彼の隣に腰を下ろした後、小さく深呼吸すると、わたしはつんつんと人差し指で彼の肩をつっく。するとすぐに、眩しいくらいの二つの金色がわたしを捉えた。

「あの、素敵なお花、ありがとうございました。それに、フィリップ様がこんなに格好いい方だとは思わなくて……なんだかドキドキしちゃいます」

もじもじしながらそう言って微笑めば、彼は何も言わずにふいとわたしから視線を逸らした。その反応を見た後、心の中でガッツポーズをする。彼は昔から、女性に見た目を褒められるのが好きではないのだ。

正直こんな言動をするのは死にたいくらい恥ずかしいけれど、記憶がないせいでほぼ別人だという設定が、わたしの精神をギリギリのところで支えていた。

バカなふりをしつつ彼からの印象を悪くしていき、婚約破棄へと持っていく。完璧な作戦だ。

あと一押しだと思ったわたしは、彼の膝の上に置かれていたその大きな手に、そっと自分の手を重ねた。初対面のようなものなのに、男性に自ら触れるはしたない女だと思うに違いない。間違いなく彼の一番嫌いなタイプだ。ちなみにテーブルの陰になっているため、お父様達からは見えていない。

そして何より、フィリップ様は女性に触れられるのを嫌っている。彼は相手がどんなに美しい令嬢だとしても、少し触れられるだけで本気で怒っていた。わたしに対しても、エスコートをする際に最低限触れるだけで。

だからこそ、予想通り彼はすぐにわたしの手の下から自身の手を引き抜いた。そう、そこまでは良かった。

（…………！？！？）

けれど何故か、彼はそのままわたしの手を握ったのだ。

跳ねるように顔を上げてフィリップ様を見れば、彼はいつもと変わらない涼しげな顔のままじっと前を見つめていた。訳が分からない。

彼は一体、どういうつもりでこんなことをしているのだろうか。いくら考えたところで、答えなど出るはずもない。温かくて少し硬い手のひらに包まれ、わたしはだんだんと鼓動が速くなっていくのを感じていた。

つい動揺してしまったものの、とにかく話を進めなければと、わたしは向かいに座るお父様に視線で合図を送った。どうやらしっかり伝わったらしく、軽く咳払いをするとお父様は真剣な表情を浮かべた。

「フィリップ様、この通り娘は記憶もなく、本当に何もわからない状態なんです。医者からは一生記憶が元に戻らないこともあると言われました。このままでは社交の場に出ることも厳しいでしょう。公爵様にも改めてお話させて頂くつもりですが、結婚についても考え直す必要があるかと」

お父様は既に、完全にわたしの手の内だ。「何もわからないから外に出るのは怖い、難しいこともわからない、ずっとお父様とこの家にいたい」とメソメソしながら言えば、婚約破棄をお父様の口から提案すると言ってくれたのだ。

けれどその結果、家族にも記憶喪失は全部嘘でしたとは言いづらくなってしまった。後から記憶が戻った設定にするしかない。一つ嘘をつけば、ボロが出ないよう嘘を重ねなければならなくなるのだと、身をもって学んだ。

もうこんな嘘は二度とつかないと誓い、心の中で両親に何度も土下座した。最低な娘でごめんなさい。兎にも角にも、必ずこの作戦を成功させなければ。

これで後はフィリップ様が「わかりました」と言ってくれさえすれば終わりだ。そう、思っていたのに。

「ヴィオラと、二人きりで話をしてもいいでしょうか」

突如そんな提案をされ、たらりと冷や汗が流れる。何故ここですぐに了承してくれないのだろうか。結局断ることもできず、わたしの部屋へと移動することになってしまった。

立ち上がる際、彼の手のひらに包まれた自身の手を引き抜こうとしたけれど、何故か解放される気配はない。戸惑うわたしを他所《よそ》にフィリップ様はそのまま立ち上がると、わたしの手を引き歩き出した。なんで?

手を繋ぎその場を後にしたわたし達を、両親やメイド達が温かい目で見守っていたなんて、わたしは知る由もない。

◇◇◇

わたしの手を引き、フィリップ様は黙って歩いていく。

やがてわたしの部屋の中へと入ると、彼は向かい合う形で座るテーブルセットではなく、二人掛けのソファにまっすぐ向かい、そこに腰を下ろした。そして、隣に座れと言いたげな視線をこちらに向けている。本当に訳がわからない。

とりあえず手を繋いだまま、大人しく彼の隣に座った。大きなものではないから、自然と肩と肩がくっつく形になる。

「……………」

「……………」

そして、御家芸とも言える沈黙が二十分ほど続いた。

何か話があるようだったけれど、結局いつもと同じではないか。ずっとへらへらとした笑顔を貼り付けていたわたしも流石に痺れを切らし、一言言おうとしたその時だった。

「本当に、俺のことは何一つ覚えていないのか」

まるで確認をするように、彼はわたしにそう尋ねて。

「はい、本当に何も思い出せなくて……ごめんなさい」

「そうか」

やがて繋いでいた手に少しだけ力を込めると、フィリップ様はわたしをまっすぐに見つめた。鼻先がくっついてしまうのではないかというくらい、顔と顔が近い。

彼の透き通った瞳に映る、馬鹿みたいな顔をした自分と目が合う。こんなに近くで見ても、文句の一つもつけようのない圧倒的な美貌に、何故だか泣きたくなった。

「俺は、婚約を破棄するつもりはない」

そして不意に告げられたその言葉に、頭を殴られたような衝撃が走った。一体、どうして。

……フィリップ様だって、わたしとは何もかもが釣り合わない、嫌いだと言っていたのに。

「どうして、ですか」

少しだけ震える声で、そう尋ねる。

すると彼は、息をするのも忘れてしまう程の美しい笑みを浮かべ、言ったのだ。

「君と俺が、愛し合っていたからだ」

と。そして数秒後、理解の範疇《はんちゅう》を超えた彼の言葉を受け、記憶喪失のふりをしていることすら頭から抜けてしまったわたしの口からは、「は？」という言葉が漏れたのだった。

嘘と本当と

「……ヴィオラ？」

フィリップ様に名前を呼ばれ、近距離で顔をじっと覗き込まれたことによって、呆けていたわたしは我に返った。

彼と繋いでいない方の手で、ドレス越しに太腿をつねってみても普通に痛い。これが夢ではないのなら、先程の彼の言葉は、わたしのひどい聞き間違いだったに違いない。

「ええと、今なんて……？」

「愛し合っていたと言った」

「誰と誰がですか？」

「君と俺だ」

「えっ」

どうやら、聞き間違いではなかったらしい。あまりにも突拍子もない嘘に、わたしは驚きを隠せずにいた。

彼が何故こんな嘘をついているのか、見当もつかない。まさか記憶喪失だというのが嘘だとバレていて、その上での新手の嫌がらせなのだろうか。

「ご、ごめんなさい、両親からはそのようなお話は聞いていなかったので、驚いてしまって……」

「ああ。君は人前では甘えてこなかったから、子爵夫妻が知らないのも無理はない」

本当に待って欲しい。それは一体、誰の話だ。人前でなければ甘えていたとでも言うのだろうか。

いつもの無表情に戻った彼の顔をじっと見つめてみたけれど、何を考えているのか全く読めない。

わたしはしばらく悩んだ末、とにかく今は彼の話を聞いてみることにした。

「その、記憶がある頃のわたしはフィリップ様と」

「フィルだ」

「えっ？」

「君は二人きりの時、俺のことをフィルと呼んでいた」

すると彼はまた性懲りもなく、そんな訳の分からない嘘をつき始めた。いい加減にしてください、と、思わず言ってしまいそうになるのを堪えた後、わたしは再び口を開いた。

「ええと、フィリップ様と」

「フィル」

「フィ、フィルといる時の、過去のわたしはどんな感じだったんでしょうか」

押し切られる形でフィルだなんて呼んでしまったものの、違和感しかない。そしてわたしの質問に対して、彼は何故か少しだけ悲しそうな、傷付いたような顔をした。

「……記憶を失う前の君は俺のことが大好きで、顔が見られるだけで幸せで、俺が他の女性と会話するだけで嫉妬してしまうといつも言っていた」

「だ、大好き……？」

「ああ。ベタ惚れだった」

「べたぼれ」

とんでもない嘘のオンパレードに、わたしは頭痛すら感じ始めていた。やけにリアルな内容な上に、彼はさらりと当たり前のように言うものだから、自分の記憶がおかしいような気さえしてくる。

このまま彼のペースに呑まれてはまずいと思い、一旦冷静になったわたしはふと、ひっかかりを感じた。

「愛し合っていた」ということはつまり、彼もまたわたしに対して好意を抱いていた、いや、いるということになる。まさかとは思いつつも、恐る恐る「もしかしてフィルは、わたしのことが……？」なんて尋ねてみた。

すると彼は驚いたように少しだけ目を見開いた後、小さく笑って。繋いでいた手を口元に持っていくと、わたしの手の甲にそっと唇を落とした。

あまりにも自然で美しいその仕草に、つい見惚れてしまう。まるで、お伽《とぎ》話に出てくる王子様のようだった。

「俺は物心ついた時からずっと、君が好きだ。もし君が死ねと言うのなら今すぐ死ねるくらい、愛している」

そして、そんな彼に最上級の愛の言葉を伝えられ、甘い蜂蜜色の瞳で見つめられたわたしは、思わず息を呑んだ。顔がじわじわと熱くなり、心臓が早鐘を打ち始める。

──先程から彼は嘘ばかりついているのだ、この言葉だってもちろん全て、嘘に決まっている。

そう分かっていても、悔しいくらい胸が高鳴ってしまう。きっと彼の顔が良すぎるせいだ。ついでに演技が上手すぎる。あと、死なないでくていいから婚約破棄をして欲しい。

「そ、そうですか」

動揺してしまい、そんな返事しかできなかったわたしに彼はなおも続けた。

「だから、婚約破棄はしたくない。もしも婚約破棄をした後に記憶が戻れば、君も悲しむだろう」

記憶があったところで悲しむどころか喜ぶとは、もちろん言えるはずもなく。

荒唐無稽な作り話を聞かされ、愛の告白まがいをされたわたしは今、どうするべきなんだろうと頭を悩ませた。

そもそも、誰よりも賢く冷静なフィリップ様が、意味もなくこんな嘘をつくとは思えないのだ。今わたしとの婚約を破棄すると、困るような何かがあるに違いない。

あんな歯の浮くような台詞《せりふ》を言ってまで、婚約し続けなければならない理由とは一体、何なのだろう。

それにしても、事故や後遺症にかこつけて他人を騙すなんて、人として最低ではないだろうか。

そう思った直後、その考えはブーメランのようにわたしに突き刺さっていた。

そうして罪悪感に襲われていると、不意に「ヴィオラ」と名前を呼ばれて。ゆっくりと顔を上げれば、ひどく真剣な顔をしたフィリップ様と視線が絡んだ。

「もしも君が嫌なら、社交の場になんて出なくていいし、何一つできないままでいい。全て俺がなんとかする」

「……えっ？」

「だから二度と、俺から離れていこうとしないでくれ」

そう言った彼の声や表情は、あまりにも悲痛なもので。

これもまた、婚約破棄を防ぐための台詞なのだろうと思いつつも、わたしはつい、こくりと頷いてしまったのだった。

思いがけない過去

「帰る前に、君の両親に挨拶をしたい」

「わかりました」

そうしてフィリップ様と共にソファから立ち上がったけれど、相変わらず手は繋がれたままで。

このまま両親の元へと行くのは、流石に恥ずかしい。婚約破棄を提案してくれたお父様だって、不思議に思うだろう。

「あの、フィル。そろそろ手を離しませんか……？」

「嫌なのか」

「そういう訳ではないんですが、汗もかいてきましたし」

「分かった」

そしてようやくわたしの右手は解放された、けれど。

ほっとしたのも束の間、いつの間にか彼の右手はしっかりとわたしの左手を掴んでいた。そういう問題ではない。

……そもそも、最初に彼に触れたのはわたしの方だ。完全に作戦失敗だと反省しつつ、これ以上手を離してもらうための理由が思いつかなかったわたしは、大人しく彼と共に両親がいるであろう広間へと向かった。

二人は手を繋いだまま戻ってきたわたし達を見て、「やっぱりなあ」なんて言い合いながら、それはもう嬉しそうな顔をしている。嫌な予感しかしない。

「どうか、彼女との婚約を継続させて頂きたい」

そして開口一番そう言った彼に、もう帰るという挨拶をするのかと思っていたわたしは、思わず咳き込んだ。

「ですが今の記憶のない状態では、フィリップ様の支えになるどころか、ご迷惑をかけてしまうかと」

「ヴィオラはただ、俺の側にいてくれるだけでいいんです。記憶のない彼女が不自由しないよう、全力を尽くします。何よりも大切にしますし、彼女のためならどんな事でもする覚悟です。一生、彼女を守ると誓います」

フィリップ様はひどく真剣な表情で、プロポーズにも似たそんな言葉を並べ立てている。そして最後に、「彼女を愛しているんです」と、はっきりと言ってのけた。

両親はそんな彼の言葉にいたく感動している様子で、お母様なんてハンカチで目元を押さえている。

もちろん全て嘘だと分かっているわたしは、フィリップ様はこんな長文も喋れたんだ、という感想を抱いていた。

「フィリップ様のお気持ち、しかと受け取りました。ヴィオラ、お前はどう思っているんだ？」

「えっ？　ええと、わたしは」

「彼女も先程、俺の側にいると言ってくれました」

「おお、そうでしたか。それなら良かった」

もしやそれは、先程の「離れていこうとしないでくれ」という言葉に、頷いてしまったことを言ってるのだろうか。

色々と言いたいことはあったけれど、ひどく安堵した表情を浮かべている両親を見ていると何も言えなくなってしまい、わたしは大人しく口を噤《つぐ》んだ。

そしてフィリップ様は両親の前で、来週わたしと会う約束をしっかりと取り付けた末、帰って行ったのだった。

◇◇◇

一週間後。ローレンソン公爵邸へと向かう馬車に揺られながら、わたしは今後どうしようかと頭を悩ませていた。

この状況では、今すぐの婚約破棄は無理そうで。色々と考えた結果、ひとまず今は一番気になっていた、何故彼があんな嘘をついているのかを探ることにした。

やがて公爵邸へと着くと、いつもは応接間に通されていたのに、今日は何故かフィリップ様の部屋へと案内された。彼の部屋を訪れるのは、数年ぶりな気がする。

質の良い大きな対面型のソファに座るよう勧められ、腰を下ろすと、彼は何故かわたしのすぐ隣に座った。

「君とはいつも、こうして話をしていた」

どうやら今日も、彼の嘘は絶好調らしい。

メイドがお茶を淹《い》れてくれている間、何気なく部屋の中で視線を彷徨《さまよ》わせていたわたしは、壁に飾られていた一枚の姿絵の前で視線を止めた。そこにはフィリップ様と公爵夫妻、そして彼の弟であるセドリック様の姿が描かれている。

絵の中の彼は腰まである紺色の長い髪を一つに結んでいて、なんだか懐かしい気持ちになった。

「あれは、俺が十三歳の頃だ」

わたしが姿絵を見ていることに気が付いたらしいフィリップ様が、そう教えてくれた。

——そういや、どうして彼はあんなにも長く美しかった髪を切ってしまったんだろう。

ある日突然、彼は今の姿である襟足が肩につくくらいの長さまで、ばっさりと切っていたのだ。

彼の場合、どんな髪型をしても似合ってしまうのだろうけど。

『髪を切った』

『はい、とても素敵です』

『……そうか』

確かその直後、わたしは彼とこんな会話をした。誰が見たってわかる変化なのに、わざわざ自ら報告してきた彼を不思議に思った記憶がある。

あの時は彼が「そうか」とだけ言って立ち去ってしまったせいで聞きそびれたけれど、記憶のないふりをしている今、チャンスなのではないか。そう思い、わたしは口を開いた。

「髪の毛、昔はとても長かったんですね。今も素敵ですけれど、どうして短くされたんですか？」

「君が、短い方が好きだと言っていたからだ」

「なるほど、わたしが……わたしが？」

「そうだ」

思わず聞き返してしまったわたしに向かって、フィリップ様はこくりと頷いた。

間違いなく、彼にそんなことを言った記憶はない。わたしの記憶がない設定なのをいいことに、また適当な嘘を言っているに違いない。そう思っていたわたしに、彼は続けた。

「正確には、君が友人にそう言っているのを聞いた」

「……友人、ですか？」

「ああ。プレストン侯爵令嬢に長髪と短髪、どちらが好きだと尋ねられていた君は、短い方だと答えていた」

プレストン侯爵令嬢こと、ジェイミー・プレストンはわたしの親友とも言える令嬢だ。

彼女にそんな質問をされたことがあっただろうかと記憶を辿っていくうちに、わたしは思わず「あ」という声を漏らしそうになった。

確かに彼の言う通り、数年前の夜会で彼女にそんなことを聞かれた気がする。肉食系の彼女は、その返答次第で今日声をかける男性を決めるだとかなんとか言っていたのだ。

そしてその日の夜会には、ジェイミーを可愛いと言っていた知人男性が参加していたから、彼の髪型である「短髪」と答えた記憶がある。個人的にはどちらかと言えば短髪の方が好きだけれど、似合っていればなんでもいいと思っていた。

……フィリップ様は確かその時席を外していたけれど、まさかそんな会話を聞いていたなんて。

そしてよくよく考えてみれば、その夜会と彼が髪を切った時期は一致するのだ。

と言うことは、つまり。

「た、たったそれだけの理由で、切ってしまったんですか」

「俺にとっては、それ以上の理由なんてない」

わたしのそんな何気ない、適当な一言のせいで。

何年も伸ばし続けていた、あんなにも美しく長い髪を切り落としてしまったというのだろうか。

「……どうして」

「少しでもヴィオラに、良く思われたかった」

そう言って柔らかく微笑んだ彼に、心臓が大きく跳ねた。

どうして、そんなことを言うのだろう。けれど何故か今は、先程までのようにフィリップ様がまた訳の分からない嘘をついているだなんて思えなかった。

かと言って、今の言葉が本当なはずもない。

——だって、そうだとしたら。まるでフィリップ様が、本当にわたしのことを好いているみたいではないか。

やっぱり、わからない

次々と繰り出される予想外の言葉に動揺していると、静まり返っていた部屋の中にノック音が響いた。

「フィリップ様、旦那様がお呼びです」

「……分かった」

そんなやり取りに、ついほっとしてしまう。

「すまないが、少し待っていてくれ。この部屋の中にさえいてくれれば、何をしていても構わない」

「わかりました」

そう言うとフィリップ様は眉尻を下げ、名残惜しそうな表情を浮かべて部屋を後にした。広すぎる部屋の中に一人ぽつんと残されたわたしは、部屋の中を見て回ることにした。

物が少なくシンプルな室内は、なんともフィリップ様らしい。センスの良い高級な家具や調度品を眺めながら歩いていると、やがて大きな本棚の前に辿り着いた。

そこにはわたしには到底理解できないであろう、難しそうな分厚い本がずらりと並んでいた。タイトルを見ただけで頭が痛くなりそうだ。

何かわたしが読めそうなものはないかと上から順に見ているうちに、一番下の段の端に妙な部分を見つけてしまった。一部分だけ、謎の布を被せてあるのだ。明らかに何かを隠しているようなその様子に、わたしの女の勘が冴え渡る。

もしや、人に見られて困る本があるのでは……？

フィリップ様だって男性なのだ、可能性はある。彼の行動が読めない以上、何かしらの弱味を握っておくのも必要だと思ったわたしは「何をしていても構わない」というお言葉に甘え、ドキドキしながらそっと布を外す。

そして、言葉を失った。

「…………」

そこには、「愛される人になるための十のコツ」「新・恋愛必勝本」「はじめての催眠術」「今日から貴方もお喋り上手！」などといった本が並んでいたのだ。どれも読み込んだ形跡があり、付箋まで付いている。

わたしは自身が想像していたよりも、見てはいけない、触れてはいけないものを見てしまった気がして、そっと被せてあった布を元に戻した。

全体的に彼が読むとは思えないラインナップだったけれど、特に様子のおかしい本が一冊、混ざっていた気がする。

そして何とも言えない気持ちになりながら大人しくソファへと戻ると、丁度ドアが開きフィリップ様が戻ってきた。

「一人にしてすまなかった、もう大丈夫だ」

「は、はい」

彼は当たり前のように再びわたしの隣に腰掛けると、温《ぬる》くなってしまったお茶を手ずから淹れ直してくれた。

彫刻のように整った美しい横顔をじっと見つめながら、わたしは十八年間も婚約していたけれど、彼のことを何一つ理解していなかったのではないかと思い始めていた。

完璧で遠い存在に思えていた目の前の婚約者が、あんな本を真剣に読む姿を想像してしまい、つい笑みがこぼれる。

するとフィリップ様はそんなわたしを見て、不思議そうな顔をした後、何故か嬉しそうに小さく微笑んで。

「可愛い」

と、わたしに向かって言ったのだ。あのフィリップ様が、わたしに。

彼に可愛いなどと初めて言われたわたしは、自分の耳を疑った。誕生日の際に豪華に着飾り、皆にお姫様みたいだと褒められた時にだって、彼はしばらくじっとわたしを見つめた末、何も言ってはくれなかったのに。

一体、どういう風の吹き回しだろうか。ついどきりとしてしまった自分に、油断してはならないと言い聞かせた。

「来週末、何か予定はあるだろうか」

「な、何もないですけど……」

「良かった。良ければ一緒に出かけないか」

「えっ」

「当日は、ウェズリー家に迎えに行く」

そして結局、彼が嘘をつく理由などわからないどころか謎は深まった上、次に会う約束までしてしまい、完全敗北のままその日はとぼとぼと家に帰ったのだった。

◇◇◇

そして、約束の日。わたしは我が家へと迎えに来てくださったフィリップ様と共に、馬車に揺られている。

どこへ行くのか尋ねると、彼は真剣な表情を浮かべた。

「記憶喪失状態の人間は、記憶を失う前と同じ行動を取ることで、過去を思い出すきっかけになると本で読んだ」

「そうなんですか？」

「ああ。だから今日はヴィオラの記憶を取り戻すためにも、過去に君と行ったことのある川に行こうと思う」

「川……？」

そもそも、フィリップ様と一緒に川へ行ったことなどない。むしろ川自体、遠目で見たことしかないというのに。

やはり彼は今日も、性懲りもなく訳の分からない嘘をつき始めた。全く、油断も隙もない。しかも何故、フィリップ様は川を選んだのだろうか。せめて湖にして欲しい。

思い返せば彼と何処かへ一緒に出かけたことなど、ほとんどなかった。社交の場に出る時と、公爵様に勧められて流行りのオペラを一度見に行ったことがあるくらいだ。

「ほ、本当に、川に行くんですか」

「ああ。釣りをする」

「つり」

フィリップ様が一体何を考え、何のためにわたしと川に釣りをしに行くのか、いくら考えてもわからない。わかることがあるとするならば、彼はわたしに記憶を取り戻させる気など全くない、ということくらいだろう。

馬車は無情にも、まっすぐ近くの川へと向かって行く。

フィリップ様と出掛けると伝えたところ「まあ、デートですか？　フィリップ様なら、とてもお洒落なところへ行くに違いないですね」と言って、一生懸命わたしを着飾ってくれた我が家のメイド達は、この事実を知ったら泣くに違いない。

そして失ってもいない記憶を、思い出せるはずもない方法で取り戻そうとする、茶番過ぎる一日が始まったのだった。

やさしい眼差し

やがて川へと到着し馬車から降りると、川岸までは木の板で足場がしっかりと作られており、ご丁寧に絨毯まで敷かれていた。ドレスや靴が汚れることはなさそうで安心する。

座り心地のよさそうな椅子も二つ、用意されていた。この川釣りのために、一体どれだけの準備をしたのだろうか。ここまでして川釣りをする理由が、気になって仕方ない。

「ヴィオラ、これを」

二つ並んだ椅子に座ると、フィリップ様に立派な釣竿を渡された。いまいちやり方が分からずに戸惑っていると、彼が不思議そうな顔でこちらを見つめていることに気が付く。

やがてフィリップ様は「そういうのも全て、忘れてしまうものなんだな」と何かを納得したように呟いた。忘れるも何も、釣り自体初めてなのだ。彼のあまりに設定に忠実な迫真の演技に、わたしは恐怖すら感じ始めていた。

そして彼に教えてもらいながら、水の中に糸を垂らす。

日傘のお蔭で眩しくもなく、心地よい風が頬を撫でていく。川のせせらぎの音や、時折聞こえてくる小鳥のさえずる声に耳を傾けているうちに、わたしはとても穏やかな気持ちになっていくのを感じていた。

いつもの彼との沈黙も、全く苦ではない。川釣りと聞いて正直げんなりしていたけれど、いざこうしてやってみると悪くないどころか、わりと好きになりそうだった。

「なかなか、釣れませんね」

三十分程経ったけれど、お互い魚がかかる気配はない。

別に魚を釣りたい訳ではなく、こうして外の空気を吸ってのんびりとしているだけで満足していたわたしは、本当に何気なくそう言ったのだけれど。

フィリップ様は突然、後ろを向いて。何か気になることでもあったのだろうか、なんてぼんやりと思っていた数分後。

突如、上流から魚群がやってきた。

「…………？」

わたしには川や魚の知識などは全くないけれど、目の前の光景が明らかにおかしいというのだけはわかる。人為的な何かを感じていると「ヴィオラ、魚が」と声をかけられた。

「えっ？」

呆然としていたわたしは、フィリップ様にそう言われて初めて、自身の釣竿に魚が食いついているらしいことに気が付く。もっとこう、ぐいぐい引かれるものかと思っていた。

よく分からないまま慌てて釣竿を手前に引けば、糸の先には親指ほどの小さな魚が引っかかっている。

「フィル、釣れましたよ！」

目に見えない怪しい力が働いていた上に、こんな小さな魚一匹が釣れただけなのに、何故かとても嬉しくて。ついはしゃいでしまい、そう言って隣にいる彼へと視線を向けた瞬間、わたしは息を呑んだ。

フィリップ様は柔らかく目を細め、ひどく優しげな表情を浮かべてわたしを見つめていたのだ。

その姿に思わず見惚れていると、どこからともなく現れた公爵家の使用人達が、小さすぎる魚を釣竿から外しバケツに入れてくれて。その後「おめでとうございます！」と、皆で拍手をしてくれた。恥ずかしいから本当にやめて欲しい。

「楽しいか？」

そして不意に投げかけられたそんな問いに、照れながらもこくりと頷けば、彼は「良かった」とだけ言い、再び視線を水面へと戻したのだった。

◇◇◇

何匹か小さな魚を釣り、なんだかんだかなり楽しんでしまった後、近くの草原に移動した。てきぱきと公爵家のメイド達がシートを敷き、昼食の準備をしてくれて、野外とは思えないほどの豪華なランチを堪能できた。

ちなみにフィリップ様は、食事中の所作までとても美しい。子供の頃はわたしも彼のようになりたくて、テーブルマナーを猛特訓した記憶がある。

「とても美味しかったです」

「そうか」

食後のデザートまでしっかり頂き、のんびりお茶を飲んでいると「みゃあ」という可愛らしい声が耳に届いて。きょろきょろと辺りを見回せば、少し離れたところにいる子猫が、金色の大きな丸い目でこちらを見ていた。

「か、可愛い……！」

おいで、と両手を広げて声をかければ、子猫はぴょこぴょことこちらへと歩いてくる。その可愛らしい姿を見ているだけで、胸がきゅんと締め付けられた。

やがて目の前まで来た子猫を撫でてやれば、気持ちよさそうにぐるぐると喉を鳴らしている。まさに天使だ。

「フィルも抱っこしてみますか？」

「いや、見ているだけでいい」

そういえば、彼は昔からわたしが犬や猫を撫でていても決して撫でようとはせず、じっと見ているだけだった。あまり生き物が好きではないのだろうか。

しばらく撫でていると、子猫は満足したのかわたしの元から離れて行ってしまう。少し寂しくなりながらも、元気でねと呟きその背中を見つめているうちに、ふと気が付いた。

「あの子猫、フィルに似ていましたね」

「……そうだろうか」

「はい、とても」

黒に近い紺色の毛と金色の瞳をしたあの子猫は、彼と同じくとても綺麗な顔立ちをしていた。女の子だったけれど。

「おいで、……なんて」

今日一日を思った以上に楽しんでいたわたしは多分、少し浮かれていたんだと思う。滅多に言わない冗談を言った後、フィリップ様の方を見たわたしは言葉を失った。

戸惑っているように見える彼の顔は、何故か赤くて。

先程のように「いや、いい」と言われて終わりだと思っていたわたしは、予想外過ぎる反応をされて戸惑ってしまう。

心臓に悪い沈黙がしばらく続いた末、彼はゆっくりと立ち上がり、わたしの目の前まで来ると、向かい合うように座った。熱を帯びた瞳と近距離で視線が絡み、逸らせなくなる。

……何なんだろう、この状況は。

そして彼は少しだけ躊躇う様子を見せた後、こてんとわたしの肩に、額を当てるようにして頭を乗せたのだった。

嘘つきな味方

——どうして、こんなことに。

肩から伝わってくる重みと温かさのせいで、ひどく落ち着かない。どうして良いかわからず固まったままのわたしは、指先一つ動かせずにいた。

時折、風に揺られたフィリップ様の髪が首筋に当たり、くすぐったい。それと同時に、甘い良い香りが鼻をかすめる。

そして、どれくらいの時間が経っただろうか。

やがて視界の端で、お茶を淹れるつもりだったらしいポットを抱えて歩いてきたメイドが、わたし達を見た瞬間に顔を赤らめ、引き返していくのが見えた。

あの様子を見る限り、色々と誤解されたに違いない。きっと、他の使用人にも伝わるだろう。今後、彼女らと顔を合わせるのが恥ずかしい。

いつまでこの状態でいるのだろうと、何かかける言葉を探していると、先に口を開いたのは彼の方だった。

「……今日、」

「は、はい」

「今日、来てくれてありがとう。嬉しかった」

……どうして今、そんなことを言うのだろう。

わたしの肩に顔を埋めたまま、彼はぽつりとそう呟いて。戸惑ってしまったわたしの口からは、「こちらこそ、ありがとうございました」なんて言葉しか出て来なかった。

数分の後、ゆっくりと顔を上げたフィリップ様にそろそろ帰ろうかと声をかけられた。そして、そのまま二人で馬車まで並んで歩き、屋敷まで送って頂いたけれど。

その日はそれから、一度も目が合うことはなかった。

◇◇◇

あれから、三日が経った。自室でのんびりとお気に入りの本を読んでいると、ノック音の後に「お嬢様、お客様がいらっしゃいました」と声をかけられた。

今日のわたしに、来客の予定などない。事前に連絡もなしに訪ねてくる人物など限られている。大方、いつものように男性に振られたジェイミーだろうと予想しながら階段を降りていく。

客人は応接間ではなく広間にいると言われ、首を傾げる。そして広間に足を踏み入れたわたしは、思わず後ずさった。

今一番会いたくない人間が、そこにいたからだ。

「やあ、可愛い俺のヴィオちゃん。会いたかったよ」

彼はソファに深く腰掛けて長い足を組み、わたしに向かって手をひらひらと振っている。どうして、彼が此処に。

「……ごめんなさい、どちら様でしょうか」

そう尋ねると彼は、きょとんとした表情を浮かべた後、悔しいくらいに眩しい笑顔を浮かべた。

「あ、記憶がないんだっけ。さっき叔父様から聞いたんだった。大変だったねえ、俺は君の従兄弟《いとこ》のレックスだよ」

——レックス・ダウランド。わたしの五つ歳上の従兄弟である彼は伯爵家の生まれで、数十年だか数百年に一人の天才などと呼ばれ、王城で文官勤めをしている。

その上、話上手で金髪碧眼がよく似合う見目の良い彼は、女性達から絶大な人気を誇っていた。

そんな彼が、わたしは昔から大の苦手だった。

この男、とんでもなく性格が悪いのだ。

ちなみにフィリップ様は子供の頃からレックスとは仲が良く、未だに定期的に食事に行ったりしているようだった。

「身体は大丈夫？　後から悪くなったりすることもあるから気を付けた方がいいよ。俺も時折、未だに古傷が痛むし」

「ありがとう、ございます……」

まるで自分の家のように寛いでいる彼は、「あ、ヴィオラの分のお茶は淹れなくていいよ」とメイドに声をかけた。

「えっ？」

「今からヴィオラの部屋に移動するから、そこでお願い」

「いや、あの」

そんな勝手なことを言うとレックスはソファから立ち上がり、広間の入り口で立ち尽くしたままのわたしの元までやってきて。そしてにっこりと笑顔を浮かべると、耳元で「このまま此処で話して、困るのはお前だろ？」と囁いた。

わたしはその一言で全てを理解すると、大人しく彼の後をついて自室へと向かった。

……だから、会いたくなかったのに。

やがてわたしの部屋に着くと、レックスはメイドにお茶の準備をさせた後、出ていくよう指示した。わたしは彼の言う通りにするよう言うと、深い溜め息をついた。

「ねえ、なんで記憶喪失のフリなんてしてんの？」

そして二人きりになると、彼はそう言って微笑んだ。まるで玩具を見つけた子供のように、その目は輝いている。

そもそも彼を騙せる気なんてしていなかったわたしは、あっさりと観念し、「いつ、気が付いたの」と尋ねた。

「顔を合わせた瞬間だよ。お前、俺の顔を見た瞬間少し嫌な顔をしただろ？　仮に記憶がなくて初対面だとして、こんな顔のいい男が現れて、嫌な顔をする女なんている訳ないし」

そんなことを、目の前の男は真顔で言ってのけた。

「っていうのは冗談でもなく本気なんだけど、まあ確信したのはその後かな。古傷が痛むって言ったらお前、迷わず俺の左腕を見ただろ。どこも言ってないのに」

「…………」

「お前が俺を騙せる訳ないんだよ、浅い浅い。むしろよく今まで誰にもバレなかったな。奇跡だろ」

そして何も言えなくなっているわたしに、「で、なんで？」とレックスはしきりに尋ねてくる。

わたしは大人しく、全てを話すことにした。ここで彼の機嫌を損ねるよりはマシだ。

記憶喪失のフリをして婚約破棄をしたかったこと、ついでにフィリップ様が突然訳の分からない嘘をつき始めたことも話せば、レックスは腹を抱えて笑い出した。

彼は涙まで流してひとしきり爆笑した後、「なんでそんな面白い話、すぐ教えてくれなかったんだよ」なんて言ってわたしを責めた。一度、胸に手をあてて考えてみて欲しい。

「それにしても、あいつも大きく出たな」

目元の涙を拭いながら、レックスはそんなことを呟いた。

「フィリップも、お前のそのしょっぽい演技が嘘だってことくらい、気付いてもおかしくないんだけどな。あいつは昔からお前のことになるとポンコツになるから無理か」

「…………？」

「あ、だからあいつこないだ、今更お前が好きそうなデートスポットなんて聞いてきたのか」

何かを納得したようにそう呟いたレックスに、わたしは顔を上げる。そんなフィリップ様の問いになんて答えたのかと尋ねれば、彼はへらりと笑いながら言った。

「お前の好きそうな場所なんて知らないし、フィリップもどうせ誘いもしないだろうと思って、あいつは隠してるけど、実は川で釣りをするのが好きだよって言っといた。あと森で虫取りをするのもハマってるって」

「ちょっと待って」

本当に、いい加減にして欲しい。フィリップ様が突然、川に釣りに行こうなどと言い出したのも全て、この男が原因だったらしい。彼が後者を選ばなくて本当に良かった。

そもそも、尋ねる相手を間違え過ぎている。レックスの馬鹿みたいな冗談を真に受けるのもやめて欲しい。どうかしている。正直、釣り自体はかなり楽しんでしまったけれど。

つまり先日の釣りは、完全なる善意の元で行われていたということになる。そして釣竿を前にしてわたしが困っていたのを見て、彼が本気で不思議がっていたのにも納得がいく。迫真の演技だと思っていたけれど、違ったらしい。

疑って申し訳ないとほんの少しだけ思いつつも、彼には実際、沢山の嘘をつかれているのだ。

何が本当で何が嘘かなんて、わかるはずがない。

その嘘のせいで実際に二人で釣りをしたことを話せば、彼は「ひっ、息ができない」なんて言い、また大笑いをした。

「あー、フィリップのこと大好きだわ、俺」

「人をからかうのも大概にしなさいよ」

やがて落ち着いたらしい彼は、ティーカップに口をつけた後、わたしへと視線を戻した。

「で、なんで婚約破棄なんてしたいわけ？」

「なんで、って」

「フィリップのこと、嫌いな訳じゃないんだろ」

……過去には彼に大嫌いだと言ってしまったけれど、今は別に嫌いだとまでは思っていない。

婚約破棄をしたかったのは、彼とは釣り合わないことも嫌われているということも、分かっていたからだ。何より、彼と一緒にいると、息が詰まりそうなくらいに気まずかった。

そんなことを考えているうちに黙ってしまったわたしを見て、レックスは口角を上げた。

「まあ、あいつは絶対にお前を悪いようにはしないから安心しなよ。せっかくの機会だしあんな本を読むくらいなら、言葉通りまっさらな気持ちで恋にでも落ちてみれば？」

そう言ったレックスの視線は、わたしが先程まで読み、机に置きっぱなしだった「私だけの王子様♡」という激甘な恋愛小説へと向けられていた。余計なお世話である。

「うるさいわね、他人事だと思って」

「だって他人事だし。でも俺はヴィオラの味方だよ」

嘘をつけ、と心の中で言い溜め息をつくと、わたしはじとりと睨むように彼を見つめた。

「そもそも、今日は何しに来たの」

「あ、そうだ。忘れてた」

そう言って彼が胸元から出したのは、一通の招待状で。

やけに笑顔のレックスと、その封蠟の刻印を見た瞬間、わたしはとてつもなく嫌な予感がしたのだった。

思いもようない

「エイベル殿下の誕生日パーティーの招待状だよ。フィリップと二人で来て欲しいって。三週間後ね」

レックスのそんな言葉に、わたしは頭を抱えた。

エイベル殿下はこの国の王太子だ。勿論、断れるものではない。ちなみに殿下も何故か、この男を気に入っている。

レックスにも先程言われた通り、この中途半端な記憶喪失の演技で大勢の人の中に飛び込んでいく自信などない。先程だって彼に、あっさりとバレてしまったのだから。

本来の予定なら、こんな嘘も事故後、フィリップ様に初めて会ったあの日に全て終わっていたはずだったのに。

「……もう、記憶喪失のフリなんてやめようかしら」

思わずそう呟いたわたしに、彼は深い溜め息をついた。

「はあ～、何一つ達成できていないのに、そうやってすぐ逃げるのは昔からのお前の悪い癖だよ。

思い出したふりはいつでもできるけど、記憶喪失のフリなんてもう一生できないんだし、勿体ないと思わないわけ？　親まで騙してさ」

「えっ」

「まだ婚約破棄どころか、フィリップがなんで嘘をついているかすらわかってないんだろ？　本当にこんなところで終わっていいの？　ヴィオラならまだやれるよ。この俺が保証する。だからもう少し一緒に頑張ろう、な？」

何故、わたしはこの男に説教まがいのことをされ、そして励まされているのだろう。「な？」ではない。

けれど、彼の言っていることは悔しいことに間違ってはいないのだ。せめて他の人に言われたのなら、わたしもすんなり受け入れられていたに違いない。

つい弱気になってしまったけれど、親まで騙したという言葉によってわたしは我に返った。

「……ごめん、わたしが間違っていたのかもしれない」

「うん、いいよ。ということで、俺が演技指導に入ります」

「えっ？」

「はい、じゃあ俺は今から知人貴族の役ね」

……そしてその後、突如レックスによるスパルタな演技指導が始まった。途中からわたしは、自分がどこを、何を目指しているのかわからなくなっていた。

けれど彼の的確な指導のおかげで、わたしの記憶喪失の演技は格段に上達したのだった。

◇◇◇

それから、一週間が経った。わたしは現在、フィリップ様と共に王都の街中を歩いている。

二人で殿下の誕生日パーティーに参加するのなら、たまにはドレスくらい買ってやれと、レックスがフィリップ様に言ったらしいのだ。

正直、婚約破棄を狙っている身で物を買って頂くのはどうかと思い断ろうとしたけれど、レックスは絶対に行けと言って聞かない。むしろ、十八年も婚約していてまともにプレゼントを貰っていないのはおかしい、だから気にするなとまで言われてしまった。彼は一体、どの立場なんだろう。

訳の分からない嘘をつき始めてからのフィリップ様は、以前よりも少しだけ話しやすいこと、先日の演技指導によりボロが出る心配が減ったこともあり、結局彼の誘いを受けて今に至る。最悪、もしもの時はお金を返そうと思う。

そして彼に連れられて行ったのは、王都でも一番人気の半年以上待つと言われているマダム・リコのお店だった。流石公爵家だ。そこでは最先端の、とても素敵なドレスを買って頂いた。

「ドレスだけでなく、靴やアクセサリーまで本当にありがとうございました。大切にします」

「ああ」

そして帰り道、馬車へと向かって歩いていると、やけに人の出入りの多い可愛らしいカフェが視界に入った。店の前に立てかけてある看板には、カップル専用と書いてある。

わたしには一生、縁のないような店だと思いながら通り過ぎようとすると、不意にフィリップ様は足を止めた。

「君が好きだった店だ。寄って行こう」

彼は今日もまた、息を吐くようにそんな嘘をついた。もちろん、この店に来たことなどない。結局、嘘だと指摘できないわたしは彼に言われるがまま店内へと入った。

そして、ここのパンケーキは絶品だと以前ジェイミーが言っていたことを思い出す。どんなコンセプトといえど、カフェはカフェ。深いことは気にせず、美味しいものをしっかりと食べて帰ることを決めた。

広い店内はほぼ満席で、その人気が窺える。案内された先にあったのは、やけに狭い二人がけのソファで。カップルが密着できるようにという、店側の余計なお節介からなのかもしれない。

少しでも多くの人を入れるためか、他客との距離も近い。

そんな中、一番人気だというパンケーキセットをお互い頼んだ。フィリップ様も意外と甘いものを食べるらしい。

あっという間にパンケーキと紅茶が出てきて、沢山のフルーツが乗せられたその見た目の可愛らしさに、胸が高鳴る。

「そう言えばバーバラ、恋人と別れたらしいわよ」

「へえ、あんなに仲が良かったのにどうしたんだ？」

そして黙々とパンケーキを口に運んでいると、不意に近くのテーブルからそんな男女の声が聞こえてきて。いけないと思いつつも、つい耳を傾けてしまう。


「相手の男が、とんでもない嘘つきだったんですって」


その瞬間、フィリップ様の肩がびくりと跳ねた。

そんな彼の様子を見たわたしは思わず咳き込んでしまい、慌ててティーカップに口をつける。

「確かに、嘘をつく人間なんて信用できないよな」

「それも一つや二つじゃなかったみたいで」

「それは冷めても仕方ないさ」

何だかわたしにとっても、耳の痛い話が始まってしまった。

ちらりとフィリップ様の様子を窺えば、彼のナイフとフォークを握っている手は完全に止まっている。

「私、嘘つきって大嫌い」

「俺もだよ。特に大切な人に対して嘘をつくなんて、人間として最低だと思う。信じられないな」

「結局、自分さえ良ければいいと思っているから、そういうことをするのよね」

「ああ。言ってしまえば人間のクズだよ」

周りのカップル達は皆、目の前のクリームたっぷりのパンケーキよりも甘い雰囲気だというのに、思いもよらぬ形で正論で殴られ続けた人間のクズであるわたし達の間には、葬式会場のような重苦しい空気が漂っていた。

「ヴィオラ」

「は、はい」

やがて名前を呼ばれ顔を上げれば、ひどく不安げに揺れる金色の瞳と視線が絡んだ。

「……君はその、嘘をつく男は嫌いだろうか」

申し訳ないけれど、嘘をつくような男が好きな人がいるのなら、ぜひ教えて欲しい。

「まあ、好きでは……ないですね……」

「……そうか」

けれどわたしも人のことは言えないため、躊躇いがちにそう返事をしておいた。そしてなんとかパンケーキを食べ終えたわたし達は、足早に店を後にしたのだった。

◇◇◇

「お兄様？　どうかしたの？」

「……フィリップとヴィオラが、いた気がして」

そんな言葉に、少女はけらけらと笑う。

「やあねえ、絶対に見間違いよ。あの二人がこんなところにいる訳ないじゃない」

「確かに、そうだよな」

「それにヴィオラ様は事故に遭われたって聞いたけど。大丈夫だったのかしらね」

「…………」

「ふふ、でも今日はお兄様と来て良かった！　みんな、羨ましそうに私を見てくるもの。持つべきものは顔の良い兄ね」

そう言って楽しげに微笑む少女とは裏腹に、目の前に座る兄と呼ばれた青年はそれからずっと、上の空だった。

たとえ何があっても

エイベル殿下の誕生日パーティーの五日前である今日、わたしはローレンソン公爵邸に招かれていた。

フィリップ様の弟であるセドリック様が、記憶のないわたしに会って話がしたいと言ってくださったらしいのだ。彼は二つ歳下で、昔からわたしに良くしてくれていた。

けれど公爵邸へと向かう道中、酷い渋滞が起きていて予定よりも一時間半以上遅れてしまった。なんとか到着し、すぐに中へと案内される。今日はセドリック様も一緒のせいか、広間でお茶をするらしい。

「すみません、お待たせしました」

そう声をかけて中に入っても、広間の奥にある小さな机に向かっているフィリップ様は、こちらに気付かない。手にはペンが握られており、何か仕事をしているのだろう。遅れてしまった身だ、彼の邪魔はしたくない。

メイドにはお茶の用意はセドリック様が来てからで良いと小声で伝え、わたしは少し離れた場所に腰を下ろした。

「…………」

ひどく真剣な顔で、机に向かっているフィリップ様をじっと眺めてみる。男性にしては少しだけ長い髪を片耳にかけている姿は、思わずどきりとしてしまう色っぽさがある。

そんな彼は、かなり集中しているようだった。かと思えば突然、遠い目をして溜め息をついたり。とても難しい内容の作業なのだろうと思っていると。

「…………？」

自身の足元に、一枚の紙が落ちていることに気が付いた。きっと彼の仕事関連の書類だろうと、何気なく拾い上げたわたしは、言葉を失った。

そこには、わたしの名前が何回も繰り返し書き綴られていたのだ。それも、フィリップ様の字で。

……これは、新手の呪いか何かだろうか。しかもそもそもの紙は、結構大事な書類のようだった。落ちていましたよと言って、この不気味な紙を彼に渡す勇気などわたしにはない。間違いなく見てはいけないものだと思い、とりあえずそっとソファの隙間に隠しておく。

そうしているうちに、室内に明るい声が響いた。

「ヴィオラ、来てくれてありがとう！」

「は、はい」

「……………は？」

セドリック様が来たことで、ようやくフィリップ様はわたしの存在に気が付いたらしい。彼はわたしの姿を見るなり立ち上がると、こちらへやって来た。

「いつからいたんだ」

「十分ほど前でしょうか。一応声はかけたんですが、お忙しそうだったので……」

「すまない、考え事をしていた」

渋滞で遅れたことを話し謝れば、彼は何故かひどくほっとした表情を浮かべていた。

それからは、初対面のように丁寧に自己紹介をしてくれたセドリック様と、三人でテーブルを囲んだ。お茶を飲みながら、他愛ない話をする。とは言っても、わたしとセドリック様が会話しているだけのようなものだったけれど。

「そういや先週、知り合いの夜会に出席したんだけど、兄さんてば令嬢達に囲まれて襲われる勢いだったんだよ」

そう言われて初めて、事故に遭った日、彼に夜会に誘われていたことを思い出していた。

わたしの体調を心配し、彼は何も言わずに一人で参加してくれたようで申し訳なくなる。

「ヴィオラが事故に遭ったせいで、顔を怪我をしたとか足が悪くなったとか色々噂が流れていてさ、だから兄さんが婚約破棄するんじゃないかって、皆期待してるみたい」

そんなことになっていたとは知らず、わたしは驚きを隠せずにいた。元々、みな噂好きなのだ。

根も葉もない噂が流れるのもよくあることだった。

傍から見ても、元々わたし達の仲は良く見えていなかったに違いない。それがまた、噂を助長させているのだろう。

元々、わたしという婚約者がいてもフィリップ様の人気は凄まじいものだった。彼は家柄も見目も頭も、何もかもが良いのだから。悪いのは女性に対する愛想くらいだ。けれどその冷たさが良いという女性が一定数いるのもまた、事実だった。

「そしたら、兄さんがめちゃくちゃキレて」

「えっ?」

「ヴィオラに何があっても俺は気にしない、彼女以外との将来は考えられない、そうじゃないなら一生一人でいい、って言い切ったんだよ。僕も周りも、びっくりしてさ」

何故、そんなことを。

驚いてフィリップ様へと視線を向ければ、彼は「余計なことを言うな」と言い、顔を背けた。

「…………」

その言葉がたとえ嘘だとわかっていても、先程の紙さえ見ていなければ、わたしも心を打たれていたことだろう。本当にあれは何だったんだろうか。気になって仕方ない。

けれど公の場でそんなことを言ってしまっては、余計にわたし達のことが話題になっていそうで、来週のパーティーに行くのが余計に緊張してしまう。

やがてセドリック様はわたしの隣へと移動してくると、わたしの手を取った。フィリップ様が「おい」なんて言っているけれど、彼は無視をして続けた。

「ヴィオラ、何か困ったことがあれば僕にも言ってね」

「はい、ありがとうございます」

「ていうか雰囲気も変わったね。前より大人っぽいし」

実は未だに、服装や髪型を以前と変える作戦は継続しているのだ。レックスにもそこだけは褒められた。やはり見た目の印象というのはかなり大切らしい。

「そうでしょうか？」

「うん、綺麗になった」

そんな彼の言葉に、お礼を言おうとした時だった。

「ヴィオラはもともと綺麗だ」

突然、フィリップ様がそんなことを言い出したのだ。そんな彼の発言に、セドリック様はわたし以上に驚いている。

「に、兄さんこそ頭を打った……？」

「打っていない」

「僕の知ってる兄さんは、そんなことをさらっと本人の前で言えるような人じゃないんだけど」

もちろん、わたしの知っているフィリップ様もそんなことを言う人ではなかった。

「ん？　何これ……えっ、こわ」

そんな中、そう言ってセドリック様が手に取ったのは、先程の呪いの紙だった。それを見たフィリップ様は慌てて立ち上がると、ものすごい勢いで引ったくった。

「……ヴィオラは、見ていないよな」

「見てないと思うけど」

しっかり見たとは、もちろん言えるはずもない。やはり、わたしが見てはいけない類《たぐい》のものだったらしい。

「ねえ、何それ。本当に引くんだけど」

「……待っている間、何かあったのかもしれないとか、来るのが嫌になったのかもしれないとヴィオラのことを考えていたら、無意識に書いていた」

「重いよ」

小声で話す二人の会話が、わたしの耳に届くことはなく。

「とにかく、僕も殿下の誕生日には招待されているから、何かあったらすぐ声をかけてね」

「俺もついているから、大丈夫だ」

「お二人とも、お気遣いありがとうございます」

　そして、あっという間に当日を迎えたのだった。

動き始める

誕生日パーティー当日、フィリップ様に贈って頂いたドレスや靴、アクセサリーを身に付けたわたしは、時間通りに迎えに来てくださった彼の元へと向かう。

すると彼はわたしの姿を見るなり、「とても綺麗だ」と言ってくれた。そして何故か、「ありがとう」とも。

過去には何度もこうして迎えに来て頂いたけれど、こんなことは初めてで、なんだか調子が狂ってしまう。妙な気恥ずかしさもあった。

こちらこそとお礼を言い、まっすぐに差し出された手を取ると、わたしは馬車に乗り込んだ。

やがて王城に辿り着き会場へと入ると、途端に刺さるような視線を一気に感じ、気が重くなる。

その上、じろじろと全身を見てくる人も少なくない。大方、セドリック様が言っていた通り、事故に遭って怪我をした云々《うんぬん》という噂のせいだろう。

「ヴィオラ、大丈夫か」

居心地の悪さを感じていると、フィリップ様は優しい声でそう声をかけてくれて。不思議と少しだけ、心が軽くなる。

「はい、ありがとうございます」

そう返事をすれば、彼は小さく微笑んだ気がした。

二人で殿下に挨拶をした後、最低限の挨拶回りを何とかこなしたわたし達は、大勢の女性に囲まれていたレックスと合流した。俺が沢山いたら世界は平和になるのになあ、なんて馬鹿なことを言っていたので、もちろん無視をする。

そうして取り留めのない話をしていると、「あら、ヴィオラ様じゃない。久しぶりね」と背中越しに声をかけられた。

振り返らなくとも、すぐに誰なのか分かってしまう。

「事故に遭ったと聞いたけれど、元気そうじゃないの」

そう言ってフンと笑った彼女、ハックマン侯爵家の令嬢であるナタリア様は、子供の頃からフィリップ様に好意を寄せており、昔からわたしに対しての当たりが強い。

そして彼女は過去に、フィリップ様がわたしとは何もかもが釣り合わないなどと話していた相手でもあった。

レックス直伝である、しばらく何も言わずに戸惑った様子を見せる演技をしていると、彼女は「何か言いなさいよ、まさかどこか痛いの」と慌てて心配する様子を見せた。

そう、ナタリア様は根は悪い人ではないのだ。

「ごめんなさい、事故のせいで記憶がなくて……」

「はあ？　嘘でしょう？」

「本当です。何も覚えていません」

悲しげにそう呟けば、彼女は長い睫毛で縁取られた瞳を何度かぱちぱちと瞬いた後、わたしを睨んだ。

「……なるほどね。わたくしにはわかったわ」

「何をですか？」

「貴女、フィリップ様に構って欲しいだけでしょう！」

彼女はひどく自信満々に、そう言ってのけた。

しかも声がわりと大きかったせいで、周りにいた人々が一斉にこちらを向いてしまう。本当にやめて欲しい。

「……そう……なのか？」

「違います」

そしてフィリップ様も、ナタリア様の勢いに押されないで欲しい。背中越しにレックスの、これ以上は堪えられないといった笑い声が聞こえてくる。

「本当に油断も隙もない、あざとい女だわ……！」

「あの、誤解です」

「絶対にわたくしは、記憶喪失なんて信じませんからね！」

「ナタリア、いい加減にしろ」

フィリップ様にそう言われた彼女は、急にしゅんとしてしまう。

けれどすぐに持ち直すと「そのうち、化けの皮を剝いでやりますわ！」なんて言い、フリルを贅沢にあしらったドレスの裾を翻し、その場から去っていった。

一体、彼女は何をしに来たんだろうか。

……正直、記憶喪失のふりをしている理由については見当違いも甚だしかったけれど、完全に嘘だと思い込んでいるのは少し怖い。嘘なんだけれど。今後、彼女の動向には気を付けなければと気を引き締める。

「あの子は相変わらず癖が強いねえ、面白いから好きだな」

そんなレックスの声を聞きながら、わたしは一刻も早く家に帰りたいと思わずにはいられなかった。

◇◇◇

「……はあ」

嵐のようなナタリア様が去った後、会場内に現在社交界で人気ナンバーワンの未婚男性が現れたことで、彼の元へと向かおうとする猪のような勢いの令嬢達の波に呑まれ、フィリップ様とはぐれてしまった。

広く人の多い会場内では、すぐに見つけることは難しいだろう。こういう時は闇雲に探すよりも、一ヶ所に留まっていた方がいいと思ったわたしは、大人しく壁際へと移動した。

一人になったことで余計にちくちくと感じる視線が煩わしくて、つい溜め息をついた時だった。

「こんばんは」

不意にそんな柔らかい声が聞こえてきて、わたしは顔を上げたけれど。その声の主の顔を見た瞬間、思わず演技をするのを忘れてしまいそうになるほど、驚いてしまった。

「記憶がないって聞いたけど、俺のこともわからない？」

「はい、すみません……」

そう答えると彼は困ったように笑い、目を細めた。

「俺はシリル・クレイン。君とは学園で一緒だったんだ、仲も良かったんだよ」

「そう、だったんですね」

シリル様は、嘘は言っていない。

確かに彼とは学生時代、関わる場面は多かった。そしてわたし自身も、彼と仲が良い方だとは思っていた、けれど。

最後に、彼と会話した時のことを思い出す。

『俺はもう、ヴィオラのことを友人だとは思えない』

そんなことを言われたからこそ、こうして彼が普通に話しかけてきたことに、わたしは内心ひどく驚いていた。

侯爵家の嫡男であるシリル様と妹様は、社交界でも有名な美形兄妹だ。目を引く輝くような銀髪に、エメラルドのような瞳。それらが彼の美しい顔をより一層引き立てている。

「君の記憶が戻るよう俺も協力したいし、たまにこうして話ができたら嬉しいな。ダメかな？」

「えっ？　だめでは、ないですけど……」

「良かった」

彼は安心したように、ふわりと微笑む。視界の端で、見知らぬ令嬢がそんな彼を見て頬を赤らめているのが見えた。

もちろん全ての記憶があるわたしは、彼が何を考えているのか全く分からず、動揺しているのを隠すのに必死だった。

シリル様と最後に会話をした、一年前のあの日。

『……ごめんね。君が好きなんだ』
彼はそう、わたしに言ったのだから。

曖昧で控えめな

「あ、そうだ。来月、学園の同窓会があるのは聞いた？」

「いえ、まだ」

「俺も行く予定なんだけど、ヴィオラも行こうよ」

そうじゃないと次、いつ会えるかわからないし。そう言って、彼は困ったように微笑んだ。

今日のパーティーですらかなり疲弊したのだ、知り合いまみれの同窓会なんて絶対に行きたくない。なんと言って断ろうかと悩んでいると、「お兄様！」という可愛らしい、且つ不機嫌そうな声が聞こえてきた。

「もう、いきなり物凄い勢いで歩き出したから本当に探したのよ！　お兄様が一緒にいてくれないと、小物どもが話しかけてきてうざった……あら、ヴィオラ様！　ご機嫌よう」

そうしてわたしに笑顔を向けたのは、シリル様の妹であるローラ様だった。

相変わらず天使のように美しい彼女とは元々、挨拶をするくらいの仲だ。だからこそ、ローラ様の愛らしい声で紡がれた、小物だとかうざったいという言葉に、わたしは内心かなり驚いていた。

「私はこちらのシリルの妹のローラです。事故のせいでヴィオラ様の記憶がないって、先程聞きました。私達にも何かできることがあれば、なんでも言ってくださいね」

「お気遣い、ありがとうございます」

そんなローラ様の優しさに感動しつつ、同窓会の件はうまく流してそろそろこの場から離れようと思っていると、不意に名前を呼ばれて。

振り返れば、フィリップ様がこちらへ向かって来るのが見えた。

「フィル」

「……え」

思わず彼の名前を呟けば、目の前にいたシリル様が驚いたようにそんな声を漏らした。そう言えば、人前で彼のことをそう呼ぶのは初めてだった気がする。

そう呼ばないと返事をしてくれないため、いつの間にか癖になりつつあるのが恥ずかしい。

「ねえ、ヴィオラ」

「帰ろう」

「はい？」

シリル様の言葉を遮るようにそう言うと、フィリップ様はわたしの手を取った。

合流した途端、そんなことを言い出した彼にわたしは戸惑いを隠せない。何か急用でもできたのだろうか。

「ねえ、フィリップ。挨拶もしてくれないの？」

「先日会ったばかりだろう」

「もう少し話そうよ。俺もヴィオラと話をしたいし」

「無理だ」

それだけ言うと、フィリップ様は出口へと向かってどんどん歩いていく。一体どうしたと言うんだろう。

腕を引かれながらちらりと振り返れば、シリル様は笑顔で手を振り、「またね」と形の良い唇を動かしていた。


何とも言えない空気の中、わたし達は今何故か隣り合って座り、帰りの馬車に揺られている。手は繋がれたままで、ひどく落ち着かない。その上、フィリップ様はあれからずっと黙ったままだった。

「……シリルを」

我が家に着くまでの道のりも、あと半分ほどという頃。フィリップ様はようやく口を開いて、わたしは「はい」と返す。

「君は、あいつのことを嫌っていた、気がする」

「はい？」

そして彼は、今日初めての嘘をついた。それも何故か、曖昧で控えめな言い方で。

わたしは別に、シリル様のことを嫌ってなどいない。内心、気まずくはあったけれど。だからこそ、フィリップ様がこんな嘘をつく理由がわからない。

「……だから、あまり話さない方がいい」

そんなことを言った後、フィリップ様は屋敷に着くまでわたしの手を握ったまま、再び黙ってしまったのだった。

◇◇◇

年に一度、我が国ではこの時季に花祭りというイベントが行われる。街は沢山の花で彩られ、人や出店で溢れるのだ。

そしてその日、男性は女性に花束を、女性は男性に花を刺繍をしたハンカチを贈るという風習がある。

貴族の場合、恋人という雰囲気ではなくとも、婚約しているのならば贈り合うのが普通だけれど、わたしとフィリップ様は一度もそのやりとりをしたことがなかった。

この日に限っては婚約者がいる相手に贈ったとしても、なんら問題はない。普段お世話になっている人達に配ったりするのもよくあるからだ。

だからこそ彼は毎年、数えきれないほどのハンカチを贈られていた。受け取らないのも失礼にあたるため、彼はおそらく一生分のハンカチを持っているに違いない。

そして何より、わたしは壊滅的に刺繍が下手だった。学園ではいつも先生に「このままでは恥ずかしくてお嫁に行けませんよ！」と言われていた記憶がある。ひっそりと練習していたけれど、たいして上達しなかった。

だから毎年、わたしは他の令嬢とは違い、花祭りまでの日々を忙しく過ごすことはなかったのだけれど。

「君は元々、花はプルメリアが好きだったんだが、記憶がない今も好きだろうか」

我が家を訪れた今年の彼は、花を贈ってくる気満々のようだった。どういう風の吹き回しだろうか。

そして好きな花の話など彼にしたことはなかったけれど、合っている。何故知っているのだろう。

ちなみに花祭りの説明も、先程彼からしっかりと受けた。

「……先日、メイドが洗濯を失敗してしまって、ハンカチが全部ダメになってしまったんだ。本当に困った」

「そうなんですね」

「ああ。何か絵柄が付いていると尚良いんだが」

そして彼はこまめに、無理のあるひどく遠回しな刺繍入りのハンカチが欲しいアピールをしてきた。買えば良いのではという言葉を飲み込み、再び「そうなんですね」と返す。

何故今更になって欲しがるのかはわからないけれど、ここまで来たらはっきり欲しいと言ってくれた方がまだ良い。

結局、わたしの口から「ハンカチを贈る」という言葉が出ることはなく、彼は花祭りの日に予定を空けるようにとだけ言うと、肩を落として帰って行った。何なんだろう。

「…………」

なんだかんだ言っても、わたし達は婚約しているのだ。もしも彼から花束を貰い、ハンカチを贈らなければ失礼にあたる。

そしてその日の夜、わたしは悩みに悩んだ結果、棚の奥にしまっていた裁縫箱をそっと取り出してみたのだった。

宝物

花祭り当日の朝。わたしは一人、頭を抱えていた。

「……こんなの、渡せるはずないじゃない」

目の前にある自身が刺繍したハンカチの出来は、それはそれは酷いものだった。正直、目も当てられない。

フィリップ様に花祭りに誘われてから、一週間。毎日時間を見つけては練習し、何度も何度もやり直した。別にフィリップ様のためではない。自分が恥をかきたくないからだ。

その結果、手だって貴族令嬢とは思えないくらいにボロボロになってしまった。それでもやっぱり、上手くできなかった己の不器用さが憎い。

「お嬢様、そろそろ支度をしましょうか」

「わかったわ」

……こんなに、頑張ったのに。

こんなものを貰って、嬉しい人間などいるはずがない。

手に取ったハンカチを、そのままゴミ箱に入れてしまおうかとも思ったけれど。自分にしか分からないであろう、小さな花と小動物を見るとやっぱり、そんなことはできなくて。

わたしは一応それを折り畳むと、鞄に押し込んだ。

◇◇◇

「……あの、なんですか、これは」

「花束だ。それと、これも受け取って欲しい」

今日も時間通りに迎えに来てくださったフィリップ様から手渡されたのは、花をモチーフにした可愛らしいイヤリングだった。一体いくらするのかと聞きたくなるほどに、埋め込まれた宝石はまばゆい輝きを放っている。

そして彼は花束と言ったけれど、今すぐ花屋を開けるのでは？　というくらいの量の花が、我が家の前に鎮座していた。どう見てもこれは花束ではない。花畑だ。

「……気に入らなかった、だろうか」

「いえ、そんなことは！　……とても、嬉しいです」

思わず固まってしまったわたしを見て、フィリップ様は不安げな顔をしている。慌てて嬉しいと言って微笑めば、彼はひどく安堵したように小さく笑みを浮かべた。

……本当に、嬉しくない訳ではない。けれど、こんなにも沢山の花と高価なアクセサリーまで頂いてしまっては、あんな布きれなど絶対に渡せるはずがない。かと言って、何も返さないというのも失礼にあたる。

どうしようと思ったところで、今更どうにかなるはずもなく。沢山の花たちを使用人に任せると、わたしは彼と共に馬車へと乗り込んだのだった。

その後は、二人で街中を回った。いつもよりも賑やかで華やかなそこは、歩いているだけでも胸が躍る。

それからは食べ歩きをしたり、大道芸を見たり、出店で買い物をしたり。

今日もフィリップ様の口数は多くなかったけれど、彼と参加する初めての花祭りは、思っていた以上に楽しかった。少し気になるものに視線を向けていれば、「見ていこう」とすぐに声をかけてくれたりと、彼は本当にわたしを楽しませようとしてくれているようだった。

……だからこそ時折、頭の中では何一つお返しができないということがちらついて、心が重たくなる。

そしてあっという間に夕方になり、わたし達は再び馬車に揺られ、帰路についていた。

「一緒に花祭りに行けて、嬉しかった。ありがとう」

それだけ言うと彼は黙ってしまい、沈黙が流れる。

――どうして、ハンカチのことは何も言わないんだろう。先日会った時には、あんなに欲しいとアピールしてきていたのに。これなら、直接何か言われた方がまだ気が楽だ。

結局、罪悪感のようなものに押し潰されそうになったわたしは、気が付けば口を開いていた。

「…………たんです」

「……？」

「っハンカチに刺繍、してきたんです」

「は」

そしてフィリップ様は、ぽかんとした表情を浮かべた後、「俺に？」と呟いた。他に誰がいると言うのだろう。

「でも、失敗してしまって……ごめんなさい。ですから、また今度別の形で今日のお礼をさせてください」

「……そのハンカチはどこに？」

「も、持ってきていますけど……」

「欲しい」

彼は迷わず、そう言った。「本当に失敗したので」と言っても「どうしても欲しい」と言って聞かない。

結局押し負けたわたしは、最後にもう一度だけ「本当に、失敗したんです」と念を押した後、おずおずと鞄から見栄えの悪すぎるハンカチを出した。

フィリップ様はハンカチを受け取り広げた後、しばらく何かを考えるような様子を見せて。やがて、口を開いた。

「……とても、愛らしいミミズだと思う」

「小鳥です」

やっぱり、慣れないことなんてするものじゃなかった。

フィリップ様はひどく気まずそうな顔をした後、「きっと記憶がないせいだから、気を落とさないで欲しい」と丁寧に傷口に塩まで塗ってくれた。記憶はあるので、元々だ。もう何も言わないで欲しい。

手を差し出して「すみません、返してください」と言えば、フィリップ様は見栄えの悪いそれを、じっと見つめた。

「これは、君が俺のために作ってくれたものなんだろう」

「……そう、ですけど」

そう言うと彼は、ハンカチを大切そうに畳み胸ポケットにしまった後、ボロボロのわたしの手を自身の両手で包んで。

「本当に、ありがとう。人生で一番嬉しい贈り物だ。一生、大切にする」

そんなことを、ひどく真剣な顔をして言った。

「……そ、そんなの、嘘です」

「本当だ」

「嘘です」

「本当に、嬉しい」

フィリップ様はわたしと同じくらい嘘つきなのだ。本当だと言われたって、信じられるはずがない。それなのに何故か、少しだけ泣きたくなった。

「毎日、肌身離さず持ち歩く。宝物にする」

「本当に恥ずかしいので、持ち歩きなんてせず、絶対に他人の目に触れないようにしてください」

そんなものを毎日持ち歩くなんて、どうかしている。そんなものが宝物だなんて、どうかしすぎている。


……そう、わかっているのに。

それが本当だったら良いのにだなんて、ほんの一瞬でも思ってしまったわたしも、どうかしているのかもしれない。

わからないことばかり

花祭りから、一週間が経った今日。わたしは今日も、ローレンソン公爵邸でフィリップ様とお茶をしていた。

以前よりも会う頻度が高くなっているのは、元々はこれくらい、もしくはこれ以上の頻度で会っていたという彼のバレバレな嘘のせいだ。両親も以前より多く出かけるようになったわたしに対し、嬉しそうな視線を向けてくるだけだった。

メイドに勧められて先日頂いたイヤリングを着けていくと、彼はひどく喜んで、今度はもっと沢山贈る、十で足りるだろうかなんて言うものだから、丁寧に断っておいた。わたしの耳は二つしかない。

……もちろん、以前と変わらず長い沈黙が続くことは多々ある。けれど不思議と、息苦しさのようなものはあまり感じなくなっていた。

「そういえば、フィリップ様は来月の学園の同窓会に参加されるんですか？」

何気なくそう尋ねてみれば、フィリップ様は困ったような顔をして、何かを考え込む様子を見せた後、口を開いた。

「……俺は、行かない」

「そうなんですね」

「君は？」

「もちろん、行きませんよ」

わたしがそう答えると、彼は「そう、だよな」と、何故かひどく安堵したような表情を浮かべたのだった。

◇◇◇

「ヴィオラ……ほんとにごめんねえ……グスッ」

「だ、大丈夫ですよ」

「っヴィオラが大変な時に……私ったら……うえっ……」

それから三日後。思いきり泣きながら我が家を訪れたのは、痩せて痛々しい姿になったジェイミーだった。

彼女は恋人と喧嘩し別れ話をされ、ショックで寝込み一ヶ月ほど部屋に引きこもっていたらしい。

彼女は基本心の強い子なのだけれど、男性絡みのこととなると激弱になる。

だからこそわたしの事故のことも知らず、大変な時に何もできなかったなんて親友として失格だと泣いているのだ。

正直、誰が見ても事故に遭ったわたしよりも、げっそりとして今にも倒れそうな彼女の方が死にそうだった。わたしはこの通りとても元気なので、どうか気にしないで欲しい。

「わたしは本当に、大丈夫なので」

「本当に……？　あと敬語なんてやめてね」

「う、うん」

それからは、彼女とわたしがどれ程仲が良かったかを二時間程語られた。気恥ずかしかったけれど、嬉しくもあった。

レックスにもバレてしまった以上、ジェイミーにも話してしまおうか悩んだけれど、彼女は時折暴走することがあるのでやめておいた。たまに想像を超えたことをしでかすのだ。

フィリップ様とのことは、たまに会って良くしてもらっているとだけ話したけれど、それだけでも彼女は驚いていた。

「そう言えば、同窓会の招待状は届いた……？」

「うん、届いてはいたけど」

「……きっと、ヒューゴーも来ると思うの」

そして一息ついた後、話題は同窓会へと移った。

ヒューゴー様というのは、彼女の元恋人で学園の同級生でもあった人だ。普通にいい人だった記憶がある。本人には言えないが、いつもと同じように、彼女が何か余計なことを言ってしまったのではないかとわたしは睨んでいる。

「……ヴィオラ、一緒に行かない？」

「えっ」

ジェイミーは大きな瞳をうるうるとさせ、上目遣いでわたしを見た。これは何かを頼む時の彼女の癖だ。

「わたしは行かない、かな……」

「そうだよね………ヴィオラは記憶もないし、大変だもん」

「…………」

そう言って、「ごめんね」なんて言って痛々しく微笑む彼女を見ていると、心が痛む。わたしは過去、彼女に何度も助けられているのだ。

それに彼女が過去に例を見ないくらい、ヒューゴー様のことを好いていたことも、わたしは知っている。

とは言え、心の底から行きたくないわたしはそれからしばらく、悩みに悩んだのだけれど。

「……やっぱり、顔出しに行こうかな？　知り合いに沢山会ったら、何か思い出すかもしれないし。一緒に行こう」

「ほ、本当に？」

「うん」

「ヴィオラぁ……大好き!!」

そう言って勢い良く抱きついてきたジェイミーの背中を撫でながら、シリル様のことが頭を過《よぎ》っ

たわたしは、二人を会わせたらすぐさま帰ろうと決めたのだった。

そして、当日。大分顔色が良くなったジェイミーと共に、わたしは会場へと向かっていた。

「私、大丈夫？　どこか変じゃない？」

「うん、とても可愛いから大丈夫よ」

「本当にありがとう、ヴィオラ」

二人がうまく行きますようにと、祈らずにはいられない。

……そういえば、フィリップ様には行かないと言ってあるんだった。まあ元々、お互いどの集まりに参加するかなんて報告し合っていた訳でもないから、別にいいだろう。

やがて会場へと着くと、やはりわたしに視線が集まった。ジェイミーはわたしの腕にぴたりとくっつくと、「誰かに何か嫌なことを言われたら、すぐに言ってね。お父様に頼んで消してもらうから」と言ってくれた。彼女は可愛らしい顔をして、時々恐ろしいことを言う。

「ヴィオラ！　来てくれた。来てくれたんだね」

そして、一番に声をかけてきたのはシリル様だった。

わたしの隣にいたジェイミーが、ぎょっとした顔でわたしと彼を見比べている。

当時彼女だけには、彼に好きだと言われたことを話してあったからだろう。そういや、先日声をかけられたことはまだ話していなかったのを思い出す。

「こんにちは、シリル様」

「うん、こんにちは。会えて嬉しいよ」

「私もいますからね！」

「ええ、わかっています。お久しぶりですね」

昔からジェイミーは、シリル様のことがあまり好きではない。あの人は胡散《うさん》臭い、などといつも言っていた。

今にも噛み付きそうなその様子に苦笑いしつつ、会場内を見回した。すると、お目当ての彼はすぐに見つかって。

「……ジェイミー、ヒューゴー様があそこに」

「えっ」

こっそりとジェイミーにそう告げれば、彼女は一瞬驚いた表情を浮かべた後、今にも泣き出しそうな顔をした。

「でも、どう話しかけたらいいか分からないわ……」

確かに喧嘩別れをしてしまった後、大勢の人といる彼に話しかけに行くのは難しいものがある。わたしだって、面識があるだけで彼とは仲良くはない。今の状況なら尚更だ。

そうして困っていると、シリル様が「ヒューゴーと話したいの？」なんて言い出した。

「……そう、ですけど」

「俺がうまく言って、呼んできてあげようか」

「えっ」

突然そんな申し出をしてきた彼に、わたしもジェイミーも驚きを隠せない。どうやら二人は交流があるらしかった。ジェイミーは少し躊躇っていたものの、結局それが一番良い方法だという結論に至り、彼に頼むことになった。

そして十分後、シリル様の協力のお蔭でかなり自然な形で二人を引き合わせることができ、安堵する。

「あの、本当にありがとうございました」

「気にしないで。俺が君と二人で話したかっただけだから」

「そ、そうなんですか」

爽やかな笑顔でそんなことを言われてしまい、落ち着かない。本当に、シリル様は何を考えているのだろう。周りからの刺さるような視線が痛い。

それから彼は、わたしとの過去の話や最近の出来事なんかを話してくれた。それはもう、楽しそうに。

周りからの目もあるし、わたしはそろそろ帰りたかったけれど、こうして協力してもらった以上、今すぐ帰りますなんて言い出せるはずもなく。

そうしてしばらく二人で話をしていると、やがて会場内が騒がしくなった。一体どうしたんだろうと辺りを見回していると、令嬢達がきゃあ、と何やら騒いでいる。

「フィリップ様がいらしたんですって！」

そんな声が聞こえ、口からは間の抜けた声が漏れた。

……どうして、彼が此処にいるのだろう。わたしも結局参加しているから人のことは言えないけれど、彼も先日、参加しないと言っていたのに。

まさかあれも嘘だったのかなんて思っていると、人混みの中に彼の姿を見つけてしまって。なんとなく気まずい気がして、このまま騒ぎに乗じて帰ろうかなんて思っていると。

何故か大分遠くにいる彼と、ばっちり目が合った。

❀ それはまるで

目が合った数秒後、フィリップ様の切れ長の瞳が驚いたように見開かれて。その瞬間、わたしの足は動き出していた。

「ヴィオラ？　どうしたの？」

「シリル様、ごめんなさい。用事を思い出しました」

何だか、とても嫌な予感がする。このまま消えて、見間違いだということにしてもらおう。そう思い、慌ててフィリップ様がいる方とは反対側の出口へと向かう。

すると「送るよ」なんて言って、シリル様がついてきた。

「あの、本当に大丈夫なので」

「少しでも一緒にいたいんだ」

訳がわからない。けれどきっと、今は彼に何を言っても無駄な気がする。そう思ったわたしはそのまま会場を出て、急ぎ足で廊下を歩いていたのだけれど。

突然、後ろからぐいと腕を掴まれて。

「ヴィオラ」

そんな聞き覚えのある声に、わたしは足を止めた。

「……フィ、フィル」

恐る恐る振り返れば、今までに見たことがないくらい、彼の美しい顔には不機嫌さが滲み出ている。

「何をしている？」

「な、何、と言われましても……同窓会に参加を……」

「行かないと言っていただろう」

「あの後、ジェイミーに誘われたんです。それに、フィルもそう言っていたじゃないですか」

わたしがそう反論するとフィリップ様は少しだけ、戸惑うような様子を見せた。何故かわたしだけ悪いような雰囲気だったけれど、状況はほぼ同じな気がする。

「……俺は急遽、」

「急遽？　フィリップの挨拶、元々決まってたよね？」

にこにこと笑顔を浮かべていたシリル様が、すかさずそう言った。どうやらそれも、嘘だったらしい。やはり今日も彼は嘘つきだった。

「お前には関係ない」

「そうかな？　少なくとも俺は、彼女に嘘はつかないよ」

二人の間には、何やら不穏な空気が流れている。わたしは口を開くこともできず、固まっていることしかできない。

やがてフィリップ様は溜め息をつくと、わたしが先程まで向かっていた出口とは逆方向に向かって歩き出した。わたしの腕を、引いたまま。

一体何なんだと思いながらも振り返れば、シリル様は困ったように笑い、ひらひらと手を振っている。ジェイミーの件ではお世話になったのだ。わたしはぺこりと軽く頭を下げると、フィリップ様の後ろを歩き続けたのだった。

やがて適当な休憩室へと入ると、あっという間にわたしは壁とフィリップ様の間に挟まれていた。顔の両側に彼の両腕があるせいで、息がかかりそうなくらいすぐ目の前に、整いすぎた顔があって。その金色の形の良い瞳から、目が逸らせなくなる。

「……楽しかった?」

そして彼は、そんなことを口にした。

「えっ?」

「シリルと二人でいて、楽しかったか?　君は昔から、あいつといる時は楽しそうだった」

なんだろう、これは。

本当に、訳がわからない。何故わたしは今、こんな体勢で、そんなことをフィリップ様に言われ

ているのだろう。彼はどうして、こんなにも悲しそうな顔をしているんだろう。

まるで、シリル様に嫉妬しているみたいではないか。

「えっと、その、ごめんなさい」

どうしていいかわからず、とりあえず謝罪の言葉を述べれば、彼は余計に傷付いた顔をしてしまって。

「……俺だけ、本当に馬鹿みたいだ」

今にも泣き出しそうな顔でそう言うと、フィリップ様はわたしから離れ、背を向けた。

心臓が、信じられないくらいに早鐘を打っている。今しがた見たばかりの彼の表情が、頭から離れない。

「挨拶だけ、済ませてくる。俺が戻ってくるまで、ここで待っていて欲しい」

それだけ言うと、彼は部屋を出て行ってしまう。

そして一人部屋に残されたわたしは、緊張が解けた後、その場にずるずると座りこんでしまったのだった。

◇◇◇

「ヴィオラ！」

それから十分ほど経った頃、言われた通りに一人ソファに座りフィリップ様を待っていると、不意に軽いノック音が響き、中へと入ってきたのはジェイミーだった。

「どうしてここに？」

「フィリップ様が教えてくれたの」

そう言うと彼女はわたしの隣に座り、手を取った。

「ヴィオラ、本当にありがとう！　あなたのお蔭で、ヒューゴーと無事に仲直りできたわ」

「本当に？　良かった。でもわたしは、何も……」

「ううん。私のために一緒に来てくれたんだもの」

本当にありがとう、と彼女は改めてわたしの目をまっすぐ見つめ、ふわりと微笑んで。

「……もしも、もしもだけど、何か困っていることとか手伝って欲しいことがあれば、いつでも言ってね。なんでも協力するから。私はいつでもあなたの味方よ」

何故か突然、そんなことを言ってくれた。そう言ったジェイミーの表情はとても真剣で、わたしはこくりと頷く。

「フィリップ様も、もうそろそろ来るみたい」

「そう、なんだ」

また顔を合わせたところで、さっきのように気まずい空気になるのだろうか。

本当に、フィリップ様がわからない。そもそも彼があんな嘘をつき始めた理由すら、未だにわからないのだ。けれど先程の彼が本気で怒っていたことだけは、私にも分かっていた。

「……ねえ、ヴィオラ」

「うん？」

「あなたは自分が思っているよりも、ずっとずっと素敵よ」

そう言うとジェイミーは、眉尻を下げて微笑んだ。

いきなりそんなことを言われ、嬉しいとは思いつつも戸惑っていると、再びノック音が響いて。

「入るぞ」という、いつもより少しだけ低いフィリップ様の声に、わたしの心臓はまた跳ねたのだった。

疑問と真実と

部屋の中へと入ってきたフィリップ様は、かなり遠くから「待たせてすまない。帰ろう、送る」と声をかけてきた。

わたしはジェイミーにまたね、と別れの挨拶をして彼の元へと向かう。けれどドアの近くにいたフィリップ様は、わたしを待つことなくさっさと部屋を出て行ってしまった。

わざわざ部屋まで来てくれたのだから、一緒に馬車へと向かうのかと思ったけれど、だんだんと彼との距離は広がっていくばかりで。今や長い廊下の先で、彼の姿は豆粒ほどの大きさになっている。そのくせ、チラチラと何度もこちらを振り返っているようにも見えた。何がしたいのか、さっぱりわからない。

もしやまだ怒っているのだろうかと思いつつ、馬車へと着くと流石にエスコートしてくれ、二人で中へと乗り込んだ。

「…………」

「…………」

そしてやはり、沈黙が流れた。理由はよくわからないけれど、話もしたくないくらいに怒っているのなら、こうして待たせた上に一緒に帰る必要があったのだろうか。

そんなことを思っていると、不意にフィリップ様の口からは「き、」という言葉が漏れた。

「…………き？」

思わず聞き返せば、フィリップ様は顔を上げて。その美しい瞳には、不安が色濃く広がっている。


「嫌いに、なっていないだろうか」


そして彼はこの世の終わりのような顔をして、そう尋ねてきたのだ。わたしは予想外の言葉にぽかんとしてしまう。

「何を、でしょうか」

「俺を」

「わたしが、フィルを？」

「ああ」

どうしてそんなことを、そんな顔で尋ねるのだろうか。

「……本当に、すまない。あんなことを言うつもりでも、するつもりでもなかった。本当に間違えた」

確かに彼の言う通り、先程のフィリップ様は色々と間違えていた気がする。言っていることも、おかしかった。過去の謎の設定も、普通に破綻していた。

「あの、別に嫌いになってなんかいませんよ」

「……本当に？」

「はい。でも、どうして行かないなんて嘘を？」

そう尋ねると、フィリップ様は安堵したように深い息を吐いて。少しだけ躊躇うような様子を見せた後、口を開いた。

「君に、同窓会に来て欲しくなかったんだ」

「えっ」

「他の男に、シリルに、会わせたくなかった」

なんだ、それ。意味がわからない。

「……何故、ですか？」

「君のことが好きだからだ」

ほら、また。表情一つ変えずに、そんな嘘をつく。

それなのに、彼の表情がやけに真剣なものだから、悔しいことにわたしの心臓は大きく跳ねてしまう。

「君が俺に黙って参加して、シリルと二人でいるのを見た瞬間、頭に血が上ってあんなことをしてしまった」

「あ、あの」

「本当に、嫉妬でおかしくなりそうだった。頼むから、もうあいつとは会わないで欲しい」

「……フィル……？」

そして彼は、わたしに縋るような視線を向けて。

「君のためならなんでもする。何よりも大切にする。だからもう一度、俺を好きになって欲しい」

そんなことを、言ったのだ。彼の熱を帯びた、今にも溶け出しそうな蜂蜜色の瞳に、わたしは言葉を失ってしまう。

——今だって、「もう一度」なんて嘘をついた。やっぱり、フィリップ様は嘘つきだ。嘘つきな、はずなのに。

それでもわたしは、一つの疑問を抱いてしまう。

だって、あんなにも嘘が下手くそなのに。今の彼の表情は本気でわたしに、好きになって欲しいと訴えているようで。

彼のこれは本当に演技なのかと、疑ってしまったのだ。

「……ヴィオラ？」

「ど、努力、してみます」

「ああ」

動揺したわたしの口から適当に溢れ出たそんな言葉にも、ありがとう、と言ってひどく嬉しそうに笑った彼の顔を。

わたしはこの日、もう見ることができなかった。

◇◇◇

「えっ、それ本当にフィリップが言ったの？」

今日も何の連絡もなしに我が家へとやって来たレックスは、わたしの部屋で寛いでいた。ソファで寝転びながら、小馬鹿にしたような顔でわたしの愛読書を読んでいる。

そんな中、最近の出来事を報告させられていたけれど。

「あいつも頑張ってるじゃん、俺ちょっと感動した」

「どうして、そんな嘘をつくんだろう」

「嘘、ねえ……」

彼はソファから体を起こすと、じっとわたしを見た。

「本気で、今もそう思ってんの？」

やはり彼は、今日も痛いところをついてくる。

「……だって、フィリップ様は嘘ばかりつくし」

「お前だって沢山嘘をついてるけど、口から出ることが全て嘘な訳じゃないだろ」

「うっ……じゃあ、本当だって言うの？」

「さあ？　俺は知らないけど」

とぼけたようにそう言うと、レックスは笑った。

「まあ、なんでも決め付けは良くないってことだよ。本当のことが何も見えなくなる」

「…………」

「目も耳も付いてるんだから、ちゃんと自分で確かめなよ」

そしてレックスはこちらへとやってくると、「お前らはまだまだ子供だなあ」なんて言って、わたしの頭をぐっしゃぐしゃに撫でたのだった。

❀はじめて、君が

「……なんてことなの」

ある日、用事を終えてメイドのセルマと共に街中を歩いていたわたしは、一枚の紙を手に立ち尽くし、震えていた。

「『私だけの王子様♡』が……舞台に……!?」

そう、この紙はわたしの愛読書が舞台化する、という広告だったのだ。しかも主演俳優も今人気の見目の良い俳優らしく、わたしの大好きなミッチェル役にぴったりだった。

絶対に、行くしかない。急いで帰宅したわたしは「部屋にあった原作を先日読んでみたら面白かったから、どうしても全公演行きたい」と必死にお父様におねだりし、全三日の日程のうち三日分のチケットを取ることができたけれど。

なんと全て、二枚組だったのだ。お茶をした際にジェイミーを誘ったところ、初日と二日目は一緒に行ってくれることになった。けれど最終日は予定があるらしく、無理だと言われてしまって。

むしろ好きでもないのに二日も付き合ってくれる彼女の優しさに、感謝してもしきれない。

とは言え、友人の少ないわたしのせいで席に穴を開けるなんてこと、許されるはずがない。するとどうしようと困っているわたしに、ジェイミーは「フィリップ様と行けばいいじゃない」なんて、当たり前のように言ったのだ。

「そ、それは違うような気が……」

「そうかしら？　きっと喜ぶわよ。一応、声をかけるだけかけてみたらいいじゃない」

「…………」

本当にこんな女性向けの舞台に誘って、フィリップ様は喜んでくれるのだろうか。迷惑ではないだろうか。

けれど結局、他に誘う相手もいないわたしは、しばらく悩んだ末に、声だけでもかけてみることにしたのだった。

◇◇◇

「あの、フィル」

「なんだ」

「来週末の午後って、空いていますか」

「今のところ、何の予定もないが」

それから数日後。ローレンソン公爵邸に招かれ、青空の下、立派過ぎる庭園でフィリップ様とお茶をしていたわたしは早速、例の舞台の誘いをしてみることにした。

「よければ、なんですけど」

「ああ」

「その、一緒に舞台を見に行きませんか？」

なんとなく気恥ずかしくて俯いたままそう言ったけれど、一分ほど経っても彼からは何の反応もなくて。

不安に思い顔を上げたわたしは、目を見張った。フィリップ様の右手にあったティーカップが物凄く傾いており、たらたらと中身の紅茶が彼の服に垂れ続けていたのだ。

フィリップ様は何故か石像のように固まっていて、慌てて声をかけてハンカチを渡したところ、ようやく我に返ったらしい。

「……すまない、君のハンカチが汚れてしまうのでは」

「いえ、使って捨ててください。いらないものですので」

そう、今彼に手渡したのは花祭りの際に、刺繍に失敗したものなのだ。ハンカチ自体はフィリップ様に渡すために最高級のものを使っているため、捨てるのも何だか勿体ないような気がして、一応こんな時のために鞄に入れておいてあった。

「…………」

するとフィリップ様は前回のミミズ以下の失敗作ハンカチを広げ、少しだけ驚いたように目を見開いた後、自身の胸元から一目で高級だとわかる美しいハンカチを出して。

何故か失敗作を大切そうに胸元にしまうと、美しいハンカチでお茶を拭き始めた。本当に、何をしているんだろうか。

「あの、フィル……？　使う方を間違えていますよ」

「合っている」

「それ、本当にゴミみたいなものでして」

「ゴミなんかじゃない」

はっきりとそう言い切った彼に、わたしはもう何を言っても意味がない気がして、どうかメイドが洗濯にでも失敗し、駄目にしてくれるよう祈った。

そんなフィリップ様はじっとわたしを見つめた後、躊躇いがちに口を開いた。

「……その、本当に俺と？」

「はい」

すると彼は、自身の顔を右手で覆った。隙間から見える頬や耳は、何故かとても赤い。

「……嬉しい」

「えっ？」

「君から何かを誘ってくれるのは初めてだから、嬉しくて」

そう言った彼は、本当に嬉しそうで。そんな様子を見ていると、思わずどきりとしてしまう。

……やっぱりこんなの、演技にはとても見えない。

「でも、フィルが楽しめるものかはわからなくて」

「ヴィオラと一緒なら、なんでも楽しめる」

「そ、そうですか」

とにかく、一緒に行ってくれるようで安心した。レックスなんかは小説を読んで鼻で笑っていたから不安ではあったけれど、フィリップ様が楽しんでくれたら嬉しいなと思う。

「何という舞台だろうか」

「『私だけの王子様♡』という小説が、原作で……」

「その小説が好きなのか」

「はい。部屋に全シリーズあって、読んでみたら面白くて」

「……過去の君も、好きだったんだな」

そしてフィリップ様は何度も、私だけの王子様、と繰り返し呟いている。冷静にタイトルを連呼されると恥ずかしくなってくるから、やめて欲しい。

迎えに来て頂く時間なんかを決めていくうちに、いつの間にかその後二人で食事をすることにもなっていた。なんだか、まるでデートみたいだと思ってしまう。

「ヴィオラ」

「はい」

「俺を誘ってくれてありがとう。楽しみにしている」

そう言うとフィリップ様は柔らかく目を細め、思わず見惚れてしまうくらい綺麗に笑って。

そんな彼を見たわたしの心臓はやっぱり、いつもよりも速く鼓動を打ち続けていたのだった。

きっかけと恋心と

あっという間に時間は経ち、舞台「私だけの王子様♡」の公演最終日がやって来た。

初日、二日目共にわたしは目の前で喋り、動き、生きているミッチェルの眩しい姿に何度も死にかけた。ミッチェルのことを想うと、胸が締め付けられるように苦しいのだ。これが恋という感情なのかもしれないとさえ思った。

今日は野外ではないことが確定しているため、メイド達が気合を入れて支度してくれても、心が痛むことはなく。むしろ、間違って万が一にもミッチェルの視界に入ることを考えれば、万全の状態で行く必要があった。

いつも通り迎えに来てくださったフィリップ様と共に馬車に乗り込むと、「今日は誘ってくれてありがとう」と丁寧にお礼を言われてしまって。こちらこそとお礼を言ったけれど、なんだか調子が狂ってしまう。

「君は今日で三回目なんだろう」

「はい。本当に本当に素晴らしいので、きっとフィルも楽しめると思います」

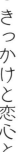

「そうか。どのシーンが特に良かったんだ？」

「ええと、ミッチェルが跪いて愛を伝えるシーンですね……って、フィルにはネタばらしになってしまいますよ」

「ああ、二巻の152ページ3行目のシーンか」

「えっ……？」

そんなことをさらりと言った彼に、わたしは言葉を失っていた。確かに彼の言う通り、二巻のその辺りだったはず。

呆然とするわたしに、彼は尚も続ける。

「確かに、あの時のミッチェルには感心するものがあった。キャロリンが過去を思い出し、涙するのもわかる。あのシーンには作者自身の実体験が織り交ぜられているらしいから、あんなにもリアルな描写なのだというのも納得した」

「ど、どうしてそれを……」

「少しだけ、勉強してきたんだ」

フィリップ様は当たり前のようにそう言ってのけた。

勉強のし過ぎにも程がある。なんと彼はこの短期間で、現在ある三十一巻全てを読んだらしい。そして作者自身の実体験だとかいうくだりは、わたしすら初耳で。

フィリップ様の謎の熱意と知識に、わたしは対抗心を覚え始めていた。こちとら十年近く「私だけの王子様♡」を愛読しているのだ。歴一週間の新参に負けてなどいられない。

それにしても、すごい記憶力だなんて思いながらじっと彼の顔を見つめていると、舞台に出ていた見目の良い俳優達よりもずっと、整った顔をしていることに改めて気が付く。

フィリップ様の顔は、本当に異次元の美しさだった。

一時期は周りの目が気になって、彼の隣に立つことすら恐ろしく、嫌になったこともあった。最近はもう慣れてきたせいか、そこまではなくなっていたけれど。

「……フィルって、本当に綺麗な顔をしていますよね」

生まれた時から見ていても、彼の顔に慣れることなんてない。本当に、文句の一つもつけようがないのだ。

思わずそんなことをぽつりと呟けば、彼は虚を衝かれたような顔をした後、じっとわたしを見つめ返した。

「……君は俺の顔が、好きなのか」

「フィルの顔が嫌いな女性なんていませんよ」

「他はどうだっていい、君がどう思っているのか知りたい」

真剣な顔で、そう尋ねられて。

「えっ？　それはまあ、好きですけれど……」

引け目はいつだってあったけれど、わたしはフィリップ様の顔自体はとても好きだ。口に出したことはないけれど。

けれどそれは、女性なら誰もがそう思う至極当然のことだという認識だったし、だからこそ恥ずかしげもなく、わたしはそう言ったのだけれど。

その言葉に照れたような表情を浮かべているフィリップ様を見た瞬間、こちらまで羞恥が込み上げてきた。

「……俺も、君の顔が好きだ」

その上、彼はそんなことを言い出したのだ。

「顔だけじゃない、声も、性格も」

「あ、あの」

「ヴィオラの何もかもが好きだ」

彼のまっすぐな言葉に、視線に。やがてわたしは耐えられなくなると、慌ててフィリップ様から視線を逸らし俯いた。顔に熱が集まっていき、熱くなる。

「……あ、ありがとう、ございます」

「ああ」

やがてしばらくの沈黙の後、落ち着いたわたしは、ずっと気になっていたことを尋ねてみることにした。

「以前、物心がついた頃からと言っていましたが、その、何かきっかけとかあったんでしょうか」

そう尋ねると、フィリップ様はこくりと頷いた。

「……幼い頃からずっと、君のことを何よりも大切にしなければならない、運命の女性だと両親に言われて育った。だから君といるとなんとなく、そんな気持ちにはなっていた」

初めて聞くそんな話に、どくんと心臓が跳ねる。公爵家が我が家に恩義を感じているという話は聞いていたけれど、まさかそんな風に言われていたなんて、知りもしなかった。

「けれど俺自身がヴィオラを好きだと自覚したのは、初めて君が泣いているのを見た時だと思う」

「……わたしが泣いている時、ですか？」

「ああ」

それは一体、いつのことだろう。

そもそも、わたしはあまり泣いた記憶がない。泣くことも、他人に泣く姿を見られることも好きではないからだ。

そんなことを考えていると、不意に馬車が停まって。

「フィリップ様、到着致しました」

そんな御者の声が聞こえ、「行こうか」とフィリップ様に手を差し出された。先程の話は気になるものの、舞台が始まってしまっては困る。わたしはすぐにその手を取った。

劇場の中へと移動する最中も、フィリップ様はすれ違う人全ての視線をかっさらっていた。すれ違った後、再び振り返っていた人も少なくない。

けれど彼はそんなことは気にならないといった様子で、わたしだけを見て、わたしだけのことを気にしてくれていた。

それからは二人で並んで座り、過去二回よりもステージに近い特等席から舞台を見たけれど。

大好きなはずのミッチェルを間近で見ても、何故か昨日までほどわたしの胸が高鳴ることはなかった。

見えない未来

「とても面白かった。いい経験になった、ありがとう」

「本当ですか？　良かったです」

舞台を見終え、フィリップ様が予約してくださっていたレストランで遅めのランチをしながら、そんな言葉を交わす。どうやら本当に彼は楽しんでくれたようで、ほっとした。

王都でもトップクラスの人気を誇るこのお店は、わたしの好きな魚料理が有名で。わたしのためにわざわざここを選び、予約をしてくれたのではと思ってしまう。

とても美味しいですと何度も言えば、彼はその度に「良かった」と形のいい唇で弧を描いた。

「それにしても、三十一冊も読むのは大変だったのでは？」

「ああ。仕事もあるから、三日ほど徹夜した」

「み、三日……!?」

どうして、そこまで。思わずそう呟いたわたしを見て、彼はやっぱり小さく笑って。

「少しでも、君と一緒に楽しみたかった」

そう言い、ほんのり照れたような表情を浮かべた。

そんな彼を前にして、わたしはフィリップ様という人が心底わからなくなっていた。そう思うのと同時に、何故だか少しだけ泣きたくなる。対抗心なんかを燃やしてしまった先程の自分を、殴りたくもなった。

……本当に全てが嘘だったなら、ここまでするだろうか。

そしてだんだんと、自分の中で彼に対する疑問が膨らんでいく。それでも確信を得ることもできずにいるわたしは、まだ油断してはいけないと自分に言い聞かせた。

「第二弾の舞台の発表もされていたな、来年か」

「はい、楽しみです。また一緒に行けたらいいですね」

けれど早速、無意識にそんな言葉が口から出てしまい顔を上げれば、なんとも言えない表情でわたしを見つめるフィリップ様と目が合った。なんだか少しだけ、泣きそうにも見える。

「……君は来年の今頃も、そう言ってくれるだろうか」

「えっ？」

今にも消えそうな声で、彼はそう呟いた。その言葉の意味がわからず戸惑うわたしを見て、フィリップ様ははっとしたような表情を浮かべて。

「すまない、気にしないで欲しい。俺で良ければ、是非来年も一緒に行きたい」

そう言って、困ったように微笑んだ。

◇◇◇

食事を終えた後、少し外を歩かないかと提案され、わたしは頷いた。当たり前のように繋がれている手にも、いつの間にか慣れてしまっている自分がいる。

そうして二人で近くの公園の中を歩いていると、ぽつんと男の子が一人、立ち尽くしているのが見えた。十歳くらいだろうか。その身なりから、貴族だというのが窺える。

最近は身代金目当ての誘拐なんかも少なくない。こんなところに一人でいては危ないと思ったわたしは、フィリップ様の同意の上で声をかけることにした。

「こんにちは、もしかして迷子かな？」

そう話しかけると、「違う、従者どもが迷子なんだ」と軽く睨まれながら言われてしまった。

なんとも気難しそうな子供である。とは言え、そうですかと言ってこの場を離れる訳にもいかない。

「連れの方が来るまで、わたし達と一緒に待たない？」

「……別に、いいけど」

素直にそう言うあたり、やはり彼も少し不安だったのかもしれない。無闇に動き回らない方がいいだろうと、わたし達は近くにあったベンチに三人で腰掛ける。

話を聞いてみると、やはり彼は貴族の令息らしい。変なしがらみなんかがあっても嫌なので、名前は聞かないまま他愛ない話をし、迎えが現れるのを待った。

けれどなんだか、周りの様子がおかしい。白昼堂々いちゃいちゃしたり、キスをしたりするカップルが多いのだ。けれど二人とも全く気にはならないらしく、涼しい表情を浮かべている。

なんだか一人気まずくなったわたしは、すぐ近くの屋台で飲み物を買ってくると言い、立ち上がった。

そうして、三つ飲み物を抱えて戻ってくると。

「お前らも、ちゅーしたことあんの」

少年の口から、とんでもない質問が飛び出していて。わたしはつい足を止め、二人の様子を伺ってしまう。

最近の子供はませてるなあなんて苦笑いをしながらも、適当に流すだろうと思いフィリップ様へと視線を向ければ、何故か彼は少し戸惑った様子を見せた後、口を開いた。

「もちろん、ある」

どうしてまた、そんな嘘を。見知らぬ子供相手にまで演技を続ける、彼の相変わらずの謎の意識の高さに脱帽する。

「どういう時にするんだ？」

「……嬉しい時とか、良いことがあった時とか」

そして、そんなハイタッチみたいな扱いはやめて欲しい。

わたしは彼の恋愛の知識レベルのあまりの低さに、思わず手に持っていた飲み物を落としそうになっていた。徹夜してでも、全三十一巻を読み直し勉強して欲しい。

「じゃあ、結婚するのか？」

「俺はそうしたいと思っている」

「俺は、ってなんだよ」

「色々あるんだ」

そんなやり取りに戸惑いつつも、そろそろ戻らないと飲み物が温くなってしまうと思い、たった今戻ってきたような顔をして「お待たせしました」と二人の元へと戻った。

「なあ、お前、こいつのこと好きじゃないの」

そしてジュースを渡した途端、少年は更にとんでもないことを尋ねてくれた。

けれど先程の嘘のせいで、フィリップ様とはキスをしている仲、という設定になっているのだ。

ここで違うと言えば、少年の教育上良くないだろう。

「もちろん、好きよ」

だからこそ、そう言ったのだけれど。その瞬間、フィリップ様が片手で顔を覆い、俯いて。そして「はー……」と深い溜め息をついた。隙間から見える肌は真っ赤だ。

そして彼は突然立ち上がると、手渡したばかりの飲み物を片手に「喉が渇いたから飲み物を買ってくる」などと言い、ふらふらと歩いて行ってしまったのだった。

ひとつだけ

「庶民の飲み物、割と美味いな。礼を言う」

小さく切った数種類の果物が入ったジュースを片手に、少年は小さく笑った。生意気だけれど、しっかりお礼を言えるあたり悪い子ではなさそうだ。可愛い。

妙に偉そうな態度や近くで見た装飾品から、かなりの上位貴族なのではと思い始めたけれど、気付かないふりをした。

そうして適当な会話をしていると、やがて「ナイジェル様！」という声が辺りに響いて。そんな声に少年は、跳ねるように顔を上げた。どうやら迎えが来たらしい。

むすっとした顔をしながらも、ほっとした雰囲気は隠せていない。無事合流できて良かったと、わたしも安堵した。

彼の従者らしき人にも何度も丁寧にお礼を言われ、礼をしたいからと名前を尋ねられたけど、結構です、で通した。

「まあ、お前らのお蔭で退屈はしなかった。ありがとう」

「どういたしまして」

「そうだ、あれをやろう」

そう言って彼が従者に何やら耳打ちし、やがて渡されたのは二枚のチケットのような紙だった。

よく見るとそこには、数ヶ月先まで予約が取れないという、王都一の人気を誇る最高級ホテルの名前が書かれている。

「それで、スイートルームに泊まれる」

「えっ」

「あとはナイジェルという俺の名前を出せ。そうしたらすぐに予約は取れるだろう。食事もかなり美味いぞ」

そして「またな」なんて言い、少年はあっという間に去って行ってしまった。あまりの勢いに、お礼を言いそびれた。一体彼は、何者だったのだろう。

そして彼と入れ替わるようにして、フィリップ様が戻ってくるのが見えた。その手に飲み物はないけれど、全てどこかで飲んできたのだろうか。

彼は少し離れた場所に腰を下ろし、わたしの顔を見た後、再び「はー……」と深い溜め息をつき、俯いた。

「さっきの子、無事にお迎えが来ました」

「ああ」

「ええと、大丈夫ですか？」

「ああ」

見たところ、全然大丈夫ではなさそうだ。一体どうしたのかと心配になっていると、少しの沈黙の後、フィリップ様は顔を上げ、二つの金色でじっとわたしを見つめた。

「……嘘だと分かっていても、君に好きだと言われたのがあまりにも嬉しくて、動揺した」

「え、」

「嘘ではなく本当に、君にそう言ってもらえるよう努力する」

そう言ってフィリップ様は、熱を帯びた瞳を向けてくる。

わたしといえば「そ、そうですね」なんて言葉を言うのが精一杯で。この妙に甘い空気をなんとかしようと、何か別の話題をと必死に考えた結果、気が付けば手に握りしめていたチケットをまっすぐ彼の前に差し出していた。

「よ、良ければ一緒に！」

「……………」

するとフィリップ様は、チケットに書かれている文字を見た後、石像のように固まった。隠し切れない戸惑いが、その美しい顔に滲み出ている。

そんな様子を見て初めて、わたしは「さっきの少年がくれた」「美味しいらしいので、食事だけ食べに行こう」という大事な部分を言葉にしていないことに気が付く。

これでは突如、一緒に泊まりに行こうと言っているように聞こえてもおかしくはない。

「ち、違うんです！　さっきの子がくれて、泊まりたいとかではなくて、美味しいらしいので食事だけでもと思って！」

自分でも何を言っているかわからなくなっていたけど、一応伝わったらしく、フィリップ様はやがて少し赤い顔でこくりと頷いてくれた。

そうして、近いうちに日時を決めて夕食を食べに行くことにしたわたし達は、馬車へとゆっくり戻ったのだった。

——当日、本当に二人で泊まることになるなんて、この時のわたしは知る由もない。

◇◇◇

「ああ、すみません」

「こちらこそ、」

それから、数日後。暇を持て余していたわたしは、何気なく刺繍の練習をしていたのだけれど、そのうちに糸が何色か切れてしまった。たまには外に出ようと気分転換も兼ねて、自らの足でセルマと共に街へ買いに来ている。

流行りの雑貨店で糸を購入し帰ろうとすると、不意に誰かとぶつかってしまって。謝罪の言葉を言い、相手の顔を見た瞬間、わたしは思わず「あ」という声を漏らしていた。

「こんにちは、ヴィオラ。こんなところで会えるとは思っていなかったよ。嬉しいな」

「こ、こんにちは、シリル様」

そう、そこには今日も眩しいくらいに爽やかな笑みを浮かべた、シリル様がいたのだ。そしてその隣には、同じくらいに眩しく美しいローラ様の姿がある。

「あら、ヴィオラ様もお買い物ですか？」

「そんなところです」

「刺繍糸ですね！　それもフィリップ様のお色だわ」

「そ、そういうつもりでは……」

「隠さなくてもいいんですよ、素敵ですもの。良かったら少しお茶でもしましょう！」

そんなことを言い出したローラ様に「用事が……」なんて言っても、「ほんの少しだけですから」と押し切られ、あっという間に腕を組まれてしまう。やがて店の外へ出たわたし達は、二つ隣のカフェへと入った。

そうして飲み物を注文したところで、慌てた様子のクレイン家の従者がローラ様に何か耳打ちをして。彼女ははっとしたような表情を浮かべると、立ち上がった。

「すみません、少しだけ席を外しますね」

「えっ？」

「すぐ戻ってきますので！」

そうして、彼女は慌てて店から出て行ってしまう。

テーブルを挟み向かい合う形で座り、シリル様と二人きりになったわたしは、どうしてこんなことになってしまったのだろうと、心の中で頭を抱えていた。

気まずさを感じているわたしとは裏腹に、彼は変わらずに爽やかな笑みを浮かべている。

やがてシリル様は、先程買ったばかりの糸が入った紙袋へと視線を移すと、なんとも言えない表情を浮かべ、わたしを見た。

「……本当に、記憶がないと人は変わるものだね」

「えっ？」

「君は元々、刺繍もフィリップのことも苦手だったのに」

今この場に、フィリップ様がいなくて良かったと心の底から思った。彼のことだ、取り乱していたに違いない。

「記憶、早く戻るといいね。どうしたら戻るんだろう」

知り合いの医者にも聞いてみるよ、なんて言う彼は真剣に悩み、考えてくれているようで。

「どうして、そこまでしてくれるんですか？」

思わずそう尋ねると、彼は眉尻を下げて微笑んだ。

「俺は、君が好きだったから」

そんな言葉にどきりとしてしまいつつ、それが過去形であることに、ついほっとしてしまう。

「君の記憶がなくなったと聞いた時、君の中から俺の存在が消えてしまったんだと思うと、寂しかった」

「……シリル、様」

「俺にとっては、ヴィオラと過ごした時間はとても大切なものだったんだ。君にとっては、違ったのかもしれないけれど」

そう言った彼の表情は、ひどく切ないもので。

「君とフィリップの婚約は絶対に揺るがないものだとわかっていたし、どうにかなりたいと思っていた訳じゃない」

「…………」

「それでも、少しくらいは君の中にいたいと思ってしまうんだ」

困ったように微笑む彼に対して、わたしはなんと言っていいのかわからなかった。

シリル様がそんな風に思っていたなんて、想像もしていなかった。本当に彼は、わたしのことを好いてくれていたのが伝わってくる。

それと同時に、そんな彼にも嘘をついてしまっている罪悪感で、ずきりと胸が痛んだ。

「すみません、お待たせしました！　なんの話ですの？」

やがて戻ってきたローラ様に、内心ほっとした。

それからはさっきの会話がまるでなかったかのように、他愛ない話をして。結局小一時間ほど経った後、そろそろ帰ろうかと会計を済ませ、外に出た。

すると不意に、わたしに背を向けてローラ様と何か話しているシリル様の肩に、糸くずが付いているのが見えた。

二人の話の邪魔をするのも良くないと思い、何も言わずにそっと手を伸ばしてそれを取ろうとすると、急に振り返った彼の頬に手が当たってしまう。

その瞬間、シリル様の顔が、赤く染まって。彼は小さく溜め息をつくと「駄目だな」なんて言い、眉尻を下げて笑った。

「……ごめんね。君に嘘はつかないと言ったのに、さっき一つだけ嘘をついた」

そしてそんなことを、耳元で囁かれて。

一体何のことだろうと立ち尽くすわたしに手を振ると、二人は人混みの中へと消えて行った。

変わっていくもの

『ヴィオラ』

昼休みもそろそろ終わるという頃、シリル様と廊下で委員会についての話をし、少し雑談をした後に教室へ戻ろうとした時だった。不意に名前を呼ばれ、わたしは足を止める。

『……シリルと、仲が良いのか』

『えっ？　悪くはない……と思いますけど』

そこにいたのは、見間違えるはずもないフィリップ様その人で。

特進クラスの彼が一般クラスの方にいること自体珍しいというのに、唐突にそんな質問をするものだから、わたしは驚きを隠せずにいた。

『…………』

『……フィリップ様？』

その上彼は急に黙ってしまい、二人で廊下のど真ん中に立ち尽くすことになってしまう。そもそも彼は、何をしに一般クラスへと来たのだろうか。

廊下にいた女子生徒達が彼の存在に気が付き、きゃあと黄色い声を上げている。気持ちはわからなくはない。今日も彼は、嫌気が差すほどに美しいのだから。

そんなことを考えながら、じっとその整いすぎた顔を見つめれば、すぐに顔を背けられてしまった。見飽きたわたしの顔なんて、好んで見たくないのかもしれない。

『……来週末、予定を空けておいて欲しい』

彼はそれだけ言うと、わたしの返事を待つことなく背を向けて歩いて行ってしまう。

その背中を見つめながら、やっぱりフィリップ様はよく分からないと深い溜め息をついた。

◇◇◇

「……変な夢」

なんだか懐かしい夢を見てしまった。学生時代の夢なんて、久しぶりに見た気がする。あの頃を思い出すと余計に、最近のことが嘘のように思えてしまう。

フィリップ様と手を繋いで歩いている姿なんて見たら、過去のわたしは卒倒してしまうかもしれない。そんなことを考えると、思わず笑みが溢れた。

「お嬢様、おはようございます」

「おはよう、セルマ」

「今日はローレンソン公爵邸に行かれる日ですし、お早めに朝食をとって支度をしなくては」

彼女の言う通り、今日もわたしは公爵邸に招かれている。フィリップ様から直接尋ねたいことがあると、手紙を頂いたのだ。一体何のことかは分からないけれど、昼前の予定だから早めに準備をしておかなくては。

朝食を済ませ、ドレッサーの前に座る。わたしの髪を結いながら、セルマは何故かひどく嬉しそうな様子だった。

「ヴィオラお嬢様は元々お美しいですが、最近は更にお美しくなられましたね」

「そうかしら？」

「はい、それはもう」

はっきりと言い切られてしまい、何となく鏡に映る自分をじっと見つめてみる。そんなにも変わっただろうか。

この長く艶のあるスミレ色の髪も、同じ色の大きな瞳も、お母様譲りのものだ。この国では珍しく、アメジストのようで美しいと皆言ってくれるし、わたし自身気に入っている。

けれど美しいフィリップ様の隣にいては、珍しい色をしていたって何の意味もないと思っていた時期もあった。当時のわたしはひどく卑屈で、病的だったと今になって思う。

「きっと、フィリップ様のおかげですね」

「えっ？」

「女性は愛され、褒められて美しくなるんですもの。最近はよくお会いになっているようですし」

「そ、そんなんじゃ……」

慌てて否定しても、「照れなくても大丈夫ですよ」なんて返されて。けれどわたし自身、愛されている、という言葉にはやはり引っ掛かりを覚えてしまう。

……正直、今はもうフィリップ様の言動全てが嘘や演技だとは思えなくなっていた。わたしを好きだと言う彼の声も、表情も、何もかもが本気のように見えてしまうのだ。

だからこそ、彼に対しての気持ちが自分の中で変わってきているという自覚もあった。以前のように彼を苦手だと思う気持ちは薄れてきているし、一緒にいて楽しいと感じることも多くなってきているのは事実で。

かと言って、彼の言っていることが本当だという証拠もないのだ。もしも何らかの理由があって彼が実際に嘘をついていて、それを信じ絆《ほだ》されてしまったらと思うと、怖かった。

そもそもあのフィリップ様がわたしを好きだなんて、今まで考えたことすらなかった。ずっと嫌われているとさえ思っていたのだから。

『俺は物心ついた時からずっと、君が好きだ。もし君が死ねと言うのなら今すぐ死ねるくらい、愛している』

不意にそんな言葉を思い出し、顔に熱が集まっていく。それを振り払うようにぶんぶんと顔を左右に振ったわたしは、髪を結っている途中のセルマに怒られてしまったのだった。

◇◇◇

「ヴィオラ様、ようこそいらっしゃいました」

ローレンソン公爵邸に到着し、案内された先は庭園だった。今日は天気も良く、外でお茶をしようとのことらしい。

けれどフィリップ様は現在、急な来客対応に追われているようで。わたしのことは気にしないよう伝えてもらい、彼が来るまで少し庭を散歩させてもらうことにした。

我が家の数倍の広さの庭を埋め尽くす、色とりどりの美しい花を眺めながら、一人のんびりと歩いていた時だった。

「ヴィオちゃんが逃げたぞ！」

「あっちへ飛んで行きました！」

そんな声が聞こえてきて、思わずびくりとしてしまう。

聞き間違えでなければ、ヴィオちゃんが逃げた、飛んで行ったと言っていた気がする。

一体、どういうことなのだろうか。なんだか無性に気になってしまい声がした方へと向かうと、使用人たちが忙しなく何かを探し回るように動いていて。

声をかけるのも躊躇われ、近くにいた庭師らしき若い男性に聞いてみることにした。初めて見る顔だ。新人だろうか。

「こんにちは。あの、ヴィオというのは……？」

「あれ、お嬢様はご存じないんですか？　ヴィオというのは、フィリップ様が子供の頃から飼っているインコらしいです。僕は見たことがないんですけど」

「インコ」

子供の頃から此処に来ているけれど、初めてその存在を知った。フィリップ様が飼っている、インコのヴィオ。

「どんなインコなの？」

「ライラックのような色をした、よく喋る女の子だとか」

それも、紫色をしているらしい。なんだか他人とは思えないそのインコが気になって仕方ない。

後でフィリップ様に会った際、無事にヴィオが見つかっていたら是非会わせてもらおう。そう思いながら、再び庭を歩き続けていると。

「あ」

視界の端で、可愛らしい小鳥がちょこんと木の枝に止まっているのが見えた。それも紫色の。鳥にはあまり詳しくないけれど、インコのように見える。

「もしかして、ヴィオ？」

「ヴィオチャン‼‼」

「あっ、すみません。ヴィ、ヴィオちゃん」

恐る恐るそう声をかけると物凄い剣幕で怒られて。あまりの勢いに、ついインコ相手に敬語まで使ってしまった。

けれどおいでと声をかけると素直にこちらへと飛んできて、わたしの腕に止まってくれた。近くで見ると、とても美しい色をしている。顔もとても可愛らしい。

とにかく見つかって良かった。使用人達も困っていたようだし、このまま連れて戻ろうと再び歩き始めた時だった。

「ヴィオラ、キョウモカワイカッタ」

「……えっ？」

「ヴィオラ、スキダ」

突然、ヴィオちゃんはそんなことを喋り始めていた。

本当の本当

「ヴィオラ、ワラッテクレタ。カワイスギタ」

「ナマエ、ヨンデクレタ。ウレシイ」

先程からそんなことを喋り続けるヴィオちゃんを腕に乗せているわたしは、ひどく動揺していた。

インコというのは、人の言葉を真似ているだけのはず。つまり誰かがこの言葉をそっくりそのまま、彼女の前で言っていたということになる。想像しただけでシュールだ。

そしてこの屋敷で、そんなことを言う可能性がある人間など一人しかいない。

「ヴィオラ、ハンカチクレタ。ナキソウ」

可愛らしい小さな口から紡がれるカタコトの言葉達に、だんだんと胸が締め付けられていく。

どうしてそんなことまで、インコに話しているのだろう。どう考えてもおかしい。変だ。それなのに何故か、悲しくもないのに泣きたくなってくる。

そんなわたしに、ヴィオちゃんは尚も続けた。

「ホントウニ、スキナンダ」

そしてその瞬間、わたしの心臓は未だかつてないほど、大きく跳ねていた。先程までは想像でしかなかったものが、あっという間に確信へと変わっていく。

もしもヴィオちゃんすら仕込みだったのなら、逆に諦めがつく。わたしの負けだ。こんなの誰だって信じてしまう。

……本当に、訳がわからない。本人の言葉よりもインコの言葉の方が信頼度が高く、それが決め手になるなんておかしいにも程がある。それでも、もう。気付いてしまった。

――フィリップ様は、わたしのことが好きだ。

どうしてなのか、今のわたしにはわからない。けれどわたしに似た名前を付けた、髪色と同じ色のインコに、こんなことを話しかけ続けるくらいなのだ。間違いないだろう。

その上、今まで彼に言われた愛の言葉が全て本当だとすれば、好きどころの話ではない。びっくりするくらい好きだと思う。今すぐ死ぬる、なんて言っていたくらいなのだから。

「フィリップ様が、わたしを……」

そう思った途端、急に落ち着かなくなり、どうしていいかわからなくなる。力が抜けてしまったわたしは、ヴィオちゃんを腕に乗せたままその場にしゃがみこんでしまった。

この後、フィリップ様にどんな顔をして会えばいいのか分からない。今まで、そういう視点で彼を見たことがなかったのだ。どう彼に接していたのかすら、もう思い出せない。

とにかく今は、わたしがヴィオちゃんといるところを見られてはまずい気がする。そんなことを考えていた時だった。

「……ヴィオラ？」

なんと今一番会いたくないフィリップ様その人が、心配そうな表情を浮かべ、すぐ目の前まで来ていた。

「どうした？　具合で、も…………」

そう言って慌てて駆け寄ってきた彼の視線が、わたしの右腕へと向けられた瞬間、フィリップ様は固まって。一瞬にしてその表情は、この世の終わりのようなものに変わる。

こんなにも動揺している彼は、初めて見たかもしれない。けれど、当たり前の反応だ。わたしが彼の立場だったなら、間違いなく羞恥で死ぬ。

だからこそ彼はずっと、ヴィオちゃんの存在をわたしに隠してきたのだろう。むしろ公爵家の使用人たちはどんな気持ちで、あんな恥ずかしいことを言い続けるヴィオちゃんの世話をしているのだろうか。それを考えるだけで、わたしまで恥ずかしくなってきた。

とにかく今は、どうしたら一番彼のダメージが少なくなるだろうかということを考え、必死に頭

を回転させる。

その結果、何も知らない聞いていないという顔でヴィオちゃんを見つけたということにしよう。

そう決めた時だった。

「スッ、ズメが腕に乗っていて危ないから、今捕まえる」

フィリップ様は今にも消え入りそうな声で、そんなことを言い出した。スッズメ。

流石のわたしでも、紫色のスズメなどいないことくらいわかる。そしてスズメの危険性とは一体。

けれど彼の苦しすぎる嘘に、ここは合わせてあげようと決めた。あまりにも辛すぎる。

「あ、ありがとうございます、スズメがとても苦手なので助かりました。急に腕に乗ってきたので、怖くて動けなくて」

「このスズメ、一言も喋ってないですよ」という顔でわたしがそう言えば、分かりやすくほっとした表情を浮かべたフィリップ様に、こちらも内心ほっとする。

そしてわたしからおいでと言ったのに、ヴィオちゃんのせいにしてごめんねと、心の中で呟いた時だった。


「ヴィオラ、スキッテイッテクレタ。ウソダケド。ウレシカッタ。ハア、スキスギル」

ヴィオちゃんは、今日一番の長文を披露してくれていて。わたしはもう、フィリップ様の顔を見ることができなかった。

——そしてこの瞬間、ヴィオちゃんは世界一空気の読めない鳥となった。

◇◇◇

「…………」

「…………」

今現在、素敵なテーブルを挟み向かい合うわたしと彼の間には過去に例がないくらい、重苦しい空気が流れていた。

あの後、彼は何も言わずにヴィオちゃんをそっとわたしの腕から自身の手のひらに乗せると、そのまま彼女を使用人に手渡して。お互い無言のまま、ここまで歩いてきたのだ。

お茶を淹れてくれたメイドも、わたし達の気まずすぎる雰囲気に気が付き、ひどく緊張している様子だった。本当に、可哀想なことをしてしまったように思う。

そして今や懐かしく感じてしまう三十分程の沈黙の末、フィリップ様は口を開いた。

「……消えたいくらいに恥ずかしい話と、心臓が潰れそうなくらいに辛い話があるんだが、どちらから聞いてくれるだろうか」

そして、とんでもない二択が飛び出して。そんなパターンなど初めて聞いたわたしは、心の中で頭を抱えた。

申し訳ないけれど、どちらも聞きたくない。けれどこれは、どちらも聞かなければならない流れなのだろう。

「で、では恥ずかしい方から……」

そしてわたしは、どう考えてもヴィオちゃんの話であろう方から、聞いてみることにしたのだった。

まるで、世界が変わるような

恥ずかしい話と答えると、フィリップ様は真剣な表情を浮かべ「分かった」と頷いて。少し躊躇う様子を見せた後、口を開いた。

「実は、先程の鳥のことなんだが」

「はい」

「あれはスズメではなく……インコなんだ」

「えっ」

まさかそこの説明から入ると思っていなかったわたしの口からは、驚きの声が漏れてしまう。

するとやはり知らなかったのか、みたいな顔をされてしまい、何だかとても悔しい気持ちになった。インコくらい、わたしだって知っている。

「普段は部屋で飼っていて、毎日のように話しかけていたから、その、ああいう風に喋ってしまったんだと思う」

「そ、そうなんですね」

「……いつも君のことばかり、話していたんだ」

だからこそ、ヴィオちゃんはわたしのことしか話していなかったのかと納得する。話を聞いているだけで恥ずかしいのだ。今、彼が感じている恥ずかしさなど想像もつかない。

「引いた、だろう」

そんなことを言い、戸惑いながらも顔を真っ赤にしている彼を見ていると、「この人は本当に私を好きなんだ」という実感が、どんどん湧いてきてしまう。

――こんなにも綺麗な人が、わたしのことを好きなのか。

ずっとフィリップ様は何もかもが完璧で、わたしなんかには釣り合わない、遠い人だと思っていた。

けれど変な本を読んだり、インコに話しかけたり。知れば知るほど彼の人間らしいというか、変わった部分も見えてきて、いつのまにかそんな風には思えなくなっていた。

十八年も婚約していたのに、わたしは彼のことを何も知らなかった。いや、知ろうともしていなかったのかもしれない。

「あの、引いてはいませんよ」

「……本当に？　重たい男は嫌われると、子供の頃にレックスに言われたんだ。だから記憶を失う前の君にも、ヴィ……インコのことは隠していた」

レックスも、妙なアドバイスだけするのはやめて欲しい。そしてインコの名前だけは、頑なに隠していようだった。

そもそも子供の頃に言われたということは、やはりレックスはフィリップ様の気持ちを昔から知っていたのだろう。それでも彼はわたしに、自分で確かめろと言った。

本当に、悔しいくらい彼は正しい。きっとこうして自身で気付かなければ、わたしは絶対に信じていなかっただろうから。

「そ、そんなにわたしのことが好きなんですか」

「ああ、好きだ」

「……っ」

「寝ても覚めても、君のことばかりを考えている」

そんなことを、少しも躊躇わずに彼は言ってのけた。

つい先日までは愛の言葉を囁かれたって、どうせ嘘だからと片付けられていたのに。今ではその一言一言が、まっすぐにわたしの中に入りこんで来てしまう。

正直、訳がわからなかった。こないだまではあんなにも無口で、そんな素振りなど一切見せていなかったのに。

けれど心臓は早鐘を打ち、体温が上がっていく。まっすぐ向けられる彼からの視線に耐えられず、わたしは慌てて俯いた。こちらまで恥ずかしくて、何故か泣きたくなった。

「……だから、たとえ君が他の男を好きだったとしても、俺は諦められそうにない」

「えっ？」

そんな中、不意にフィリップ様は傷付いたような顔でそう呟いて。その言葉の意味がわからず、首を傾げる。

そんなわたしに、彼は続けた。

「もう一つの話も、していいだろうか」

「はい」

そちらは全く見当もつかなかったから、実はかなり気になっていた。心臓が潰れそうなくらいだ。余程辛い話に違いないと、わたしも身構えて次の言葉を待つ。

「……シリルを、」

「はい」

「シリルを、好きになったのか」

そして一拍置き、彼の口から飛び出したそんな突拍子もない質問に、わたしは思わず「はい？」と聞き返してしまった。

けれど冗談でもなんでもないらしく、フィリップ様はひどく真剣で、傷付いたような表情を浮かべていて。

「あの、それはどういう……？」

「知人から、二人で会っていたと聞いた」

「……ああ」

先日、カフェで二人きりになってしまった十分ほどの間を、見られてしまっていたのだろう。

それにしてもフィリップ様の知人の方も、本当に悪すぎるタイミングで目撃してくれている。けれどそもそもは、そんな状況を作ってしまったわたしが悪いのだ。

「ごめんなさい、けれど誤解です。確かに少しの間シリル様と二人きりになってしまいましたが、ローラ様もいました」

「……だが、シリルが君のことを好きだと言っていて、その言葉に君もほっとした様子だったと」

「ええっ」

その上、シリル様の言葉は中途半端に切り取られ、わたしの態度についてもとんでもない解釈をされていた。

とにかく誤解だということを伝え、刺繍用の糸を買いに行ったこと、そこで彼らと偶然会ったことなど、全てを説明する。

「わたしは、シリル様をお慕いしていません」

そしてはっきりと彼の目を見てそう言えば、フィリップ様はひどく安堵したような表情を浮かべて。やがて深く長い溜め息をついた。

「…………良かった」

「えっ？」

「君がシリルのことを好きになっていたらと思うと不安で、何も手がつかなかった。まともに眠れさえしなかった」

そんな言葉に、再びどきりと心臓が跳ねた。

そう言われて初めて、彼の形のいい両目の下の隈の存在にも気が付く。思い返せば彼は今までも、シリル様のことをかなり気にしている様子だった。

『シリルと二人でいて、楽しかったか？　君は昔から、あいつといる時は楽しそうだった』

あの言葉や態度も全て、そういった不安や嫉妬によるものだったのかもしれないと、今更ながらに気付いてしまう。

全て嘘かもしれないという認識がなくなり、彼が自分のことを好きだと確信した途端、まるで頭の中の霧が晴れていくかのように、全ての見方が変わっていく。

「本当に、君が好きなんだ」

そう言って、フィリップ様は困ったように笑って。それと同時に、わたしはひどく胸が締め付けられるのを感じていた。

「フィル、誤解させるようなことをしてしまい、本当にすみません。今後は気を付けます」

「いや、俺も他人の話を真に受けたのが悪い。すまない」

そして彼は、「君のこととなると、何一つ自信が持てないんだ」と呟いた。

「…………」

「…………」

それからはお互い、なんとなく気まずい沈黙が続く。けれど先程とは違い息苦しさのようなものは感じず、ソワソワとして落ち着かないだけだった。

「刺繍、まだ続けているんだな」

「はい。時間がある時に、少し練習していて」

そう言われてふと、自身のバッグの中に入っている栞の存在を思い出す。最近は、刺繍で飾り付けや縁取りをした栞を作っていたのだ。

家を出るまでは渡そうか、ずっと悩んでいたけれど。今は彼が喜んでくれるだろうという確信があるせいか、渡してみようかなんて気持ちになってしまう。

そして結局、わたしはバッグから栞を取り出すと、おずおずとテーブルの上にそれを置いたのだった。

でも

「花祭りのお礼と言ってはなんですが、作ってみたんです。まだまだ下手ですけれど、受け取って頂けますか？」

「……俺に？」

「はい。フィルのために作ってきました」

刺繍が得意なジェイミーが作ったものなんかに比べれば、わたしの刺繍など子供が作ったようなレベルのものだ。それでも、前回よりは大分見られるようになったと思う。

フィリップ様はしばらく戸惑うような表情を浮かべ、テーブルの上に置かれた栞をじっと見つめていたけれど。

「好きだ」

「えっ？」

「好きすぎて死ぬかもしれない」

やがて突然、真剣な表情を浮かべ、そんなことを言ってのけた。

「本当に、それしか出てこない」

そう言うとフィリップ様はそっと栞を手に取り、改めてそれをじっと見つめて。まるで子供みたいに、嬉しそうに笑った。

わたしといえば「好き」の連続攻撃と彼の眩しすぎる笑顔に、心臓の鼓動が痛いくらいに速くなっていくのを感じていた。

「とても綺麗な魚だと思う」

「ありがとうございます。猫です」

先日釣りをしに行った時に見かけた、フィリップ様に似た猫をモチーフに作ってみたのだ。相変わらず伝わってはいないけれど、ミミズに比べれば大成長だろう。

「ヴィオラ、本当にありがとう。どう礼をしていいのかわからない。君は何を贈ったら喜んでくれるだろうか」

「これ自体が先日のお礼のつもりなので、いりませんよ」

「それでは割にあっていないと思う」

「あの、それはこちらのセリフです」

あれだけの花やアクセサリーとこんなもの、比べるまでもない。こんなにも喜んでくれるのは、世界中を探してもきっとフィリップ様くらいだ。

とにかく、喜んでくれて良かった。ほっとすると同時に、つい口元が緩んでしまうわたしに向かって、やっぱりフィリップ様は「可愛い」「好きだ」なんて言うのだ。

それに対して、ひどく真っ赤になっているであろうわたしは、こくりと小さく頷くことしかできなかった。


それから小一時間ほどお茶をした後、帰宅する前にほんの少しでいいからインコに会わせてくれないかとお願いした。

フィリップ様は困ったような様子を見せていたけど、本当に一瞬だけだからと言えば、頷いてくれて。既にヴィオちゃんはフィリップ様の部屋の中にいるらしく、彼にはドアの外で待っていてもらい、慌てて彼女の元へと歩み寄った。

一言だけ、お礼を言いたかった。彼女のお蔭で、わたしは大切なことに気が付けたのだから。

「ヴィオちゃん、さっきはごめんね」

「ヴィオラ、スキダ！」

「ふふ、ありがとう。ヴィオちゃんのお蔭で、助かったわ」

開口一番、そんなことを言うヴィオちゃんに思わず笑みがこぼれる。彼女自身に言われている訳ではないのに、なんとなくそう返してしまう。とても可愛い。

そうして小さな頭を一撫ですると、改めてお礼を言い、わたしはすぐに背を向けて歩きだしたのだけれど。

「デモオレハ、キラワレテイルカラ」

「……えっ？」

そんな言葉が、背中越しに聞こえてきて。心なしか悲しげなその声に、思わず足を止める。

けれどすぐにドア越しに、急かすようなフィリップ様の声が聞こえ、わたしは「今度はおやつを持ってくるね」と彼女に声をかけると、足早に部屋を後にしたのだった。

◇◇◇

「え、本当に？　フィリップがお前のことを好きだって、ようやく気が付いたんだ。なんで？」

少年のように瞳を輝かせ、そう尋ねてくるレックスと向かい合っているわたしは、切り分けたケーキを口に運んだ。今日は珍しく、レックスと二人で食事に来ている。

この人気店を随分前から予約していたお父様は、急に予定が入り行けなくなったらしく、たまたま我が家に来ていたレックスと二人で行っておいでと言われてしまったのだ。

流石にレックス相手なら、フィリップ様も気にしないだろう。

そうしてヴィオちゃんの話をすれば、彼はもう耐えられないといった様子で、周りの客が引いてしまうくらい笑っていた。

「あー、フィリップが愛おしすぎて死にそう。俺が女だったら、幸せにしてやりたかった」

そんな馬鹿なことを言い、切れ長の目元にうっすら滲んだ涙を指で拭うと、レックスはふうと息を吐いて。ティーカップに口をつけると、わたしへと視線を戻した。

「それで、お前はどうなの？」

「わたし？」

「そ。フィリップのことどう思ってんの？」

「……わたし、は」

フィリップ様のことを、どう思っているのか。それはわたし自身が聞きたいくらいだった。

彼のことは嫌いではない。苦手でもなくなってきた、けれど。実際のところ、戸惑いが大きすぎてよくわからない。

「好き好き言われているうちに、わたしも好きになっちゃった、とかないわけ？」

「……好き、ってどんな感じなんだろう」

「触れたいとか、触れられたいとか、キスしたいとか」

「あ、それなら違うと思う」

はっきりとそう言えば、彼はまた声をたてて笑った。

正直、フィリップ様に好きだと言われて嬉しくなかった訳ではない。ドキドキもしてしまう。けれどレックスの言うそれが好きだという感情なら、わたしはそこに至っていない。

「お前、それフィリップの前で言うなよ。死ぬから」

「う、うん」

「じゃあ今でも、婚約破棄したいと思ってる?」

「……そこまでは、思ってない」

「へえ、それはそれは」

わたしのその言葉に、レックスは楽しそうに「ほお」とか「なるほど」なんて言い続けている。

「記憶喪失のフリ、続けてみなよ。結局、今までの態度の原因もわかってないんだろ? それに今お前の記憶が戻ったと言えば、フィリップは死ぬと思う。良くて引きこもり」

「えっ」

「俺も、可愛いフィリップがそんなことになるのは嫌だな」

「よ、良くて引きこもり……」

「うん。だから騙されたと思って今のヴィオラのまま、今のフィリップを見てあげて欲しい」

きっと、レックスの言うことは正しいのだろう。やがてわたしが「分かった」と言えば、彼は満足そうに笑った。

❁ 雨音に隠された鼓動

それからはレックスと他愛のない話をしながら、のんびりとデザートを食べていたけれど。突然、「んまあ！」という聞き覚えのある、甲高い声が辺りに響き渡った。

顔を上げれば予想通り、真っ赤な瞳と視線が絡んだ。

「また男性と二人でお出掛けですか、はしたない！」

「いや、あの」

「全く貴女は、フィリップ様の婚約者だというのに……！」

そう言ってビシッとわたしに人差し指を向けたのは、先日のエイベル殿下の誕生日パーティーぶりのナタリア様だった。どうやら彼女も、此処に食事をしに来ていたらしい。

今日も派手な装いと濃い化粧をした彼女は、長い睫毛に縁取られた大きな目をきっと釣り上げ、わたしを見下ろしている。

「先日、シリル様と密会しているのも見ましたのよ！」

「み、密会……」

「ヴィオラ、酷いな。俺というものがありながら」

「レックスは黙ってて」

どうやら先日、偏った見方でわたし達の目撃情報をフィリップ様に伝えたのは、ナタリア様だったらしい。

ちなみに彼女は子供の頃から変にまっすぐな人で、嘘はつかない。だからこそ、それを知っているフィリップ様もナタリア様の話を鵜呑みにしてしまったのだろう。

ただ、彼女は時々とんでもない勘違いをするけれど。

「シリル様とのことは誤解です。レックスは従兄弟ですし」

「従兄弟だって、結婚はできるでしょう！」

「あ、確かに。俺って好物件だと思うんだけど、どう？」

「本当に黙ってて」

先程から、ナタリア様の反応を楽しんでいるレックスの足をテーブルの下でコツンと蹴る。何が「どう？」だ。

「昔から、あなた方は怪しいと思っていたんです！」

「ええ……」

「あははは！　俺とヴィオラが？　はー、新しいね、それ」

もう限界だと笑い出すレックスと、呆然とするわたしに「そのうち、証拠を摑んでやりますからね！」なんて言うと、ナタリア様はくるりとドレスを翻し、去って行った。

証拠も何も、そんなありもしないものなど出てくるはずがないというのに。相変わらず、嵐のような人である。

何はともあれ、先日のフィリップ様の知人というのが誰か分かって、ある意味ほっとした。

「やっぱりあの子は面白いね」

「ややこしくなるから、本当に余計なこと言わないでよ」

レックスを睨んだ後、残りのお茶を飲み干すと、わたし達もそろそろ帰ることにした。

そして別れ際「あ、俺はフィリップだけじゃなくてお前のことも同じくらい可愛いからね。頑張れよ」なんて言われ、わたしは調子が狂ってしまうのだった。

◇◇◇

「びっくりするくらい天気が悪いわね」

「ええ、しばらくやみそうにないようです」

窓の外へと視線を向ければ、ひどい雨で。なんだか気分まで落ちてしまいそうになる。

そんな今日、わたしはフィリップ様と共に、先日公園で出会った少年がくれたチケットを使い、例のホテルにディナーをしに行く予定だ。

このチケットの存在を話すと、数ヶ月先まで予約が取れないはずのレストランも、あっさりと予約が取れてしまった。一体、あの子は何者だったのだろうか。

とにかく天気も良くない以上、長居はせず、食事を済ませた後はなるべく早く帰って来た方がいいだろう。

「あ、来たみたい。行ってくるわ」

「はい。お気をつけて」

そうセルマに声をかけると、わたしは迎えにきてくれた公爵家の馬車に乗り込み、ホテルへと向かったのだった。

「とても美味しいですね」

「ああ」

到着後、とんでもなく豪華な個室に通されてしまったわたし達は、大きすぎるテーブルで向かい合い食事をしていた。

流石大人気のお店なだけあり、出てくるもの何もかもが美味しい。ほっぺたが落ちそうになる。

「……フィルはあまり食べていないように見えますが、もしかしてお口に合いませんでしたか？」

「いや、そんなことはない」

そう声をかけると、彼は少しだけ照れたように微笑んだ。

「幸せそうに食べている君を見ていたら、あまりにも可愛くて胸がいっぱいになってしまって」

「……えっ」

そんなことを言われてしまい、今度はわたしの食事をする手が止まってしまう。さっきまであんなに美味しかった食べ物の味が、急に分からなくなってくる。

それでもなんだかんだ、しっかりデザートと食後のお茶まで頂いて。食事を終えてレストランを出た後、ホテルのロビーへと向かうと、やけに人が多く騒がしいことに気が付いた。

どうしたのかと近くにいた従業員に尋ねたところ、突如外は先程とは比べ物にならないほど大荒れになり、強風によって馬車も走れない状況らしい。数十年に一度のレベルなんだとか。

レストラン内では、楽団による生演奏の音によってかき消されて気付かなかったけれど、たしかに今はひどい雨や風の音がひっきりなしに聞こえてくる。

「しばらく雨風は落ち着きそうにないようで、皆様、宿泊のお手続きをされています。どうされますか？」

「しゅ、宿泊……？」

「はい。ナイジェル様のお知り合いということですし、今すぐにでしたらスイートルームは押さえられます。ほぼ満室のため、一部屋が限界ですが」

「えっ」

突然の展開に、わたしは呆然としてしまう。宿泊ということは、泊まるということだ。それも、フィリップ様と。つまりフィリップ様と二人で、宿泊するということになる。訳がわからなくなってきた。

ひどく混乱しているわたしは、うまく働かない頭で他に方法がないかと考えてみるけれど、周りの様子を見る限りどうやら本当に皆、帰ることすらできない状態らしい。

そう思った瞬間、どこかで雷が落ちる大きな音がしてびくりと身体が跳ねた。ああ、これは本当に無理なやつだ。

恐る恐るフィリップ様へと視線を向ければ、彼はいつも通りの表情のままで、かなり落ち着いているようだった。

「……とりあえず部屋は押さえてもらい、外が落ち着くまでそこで待機しよう。帰れそうになったら、すぐにでも送る」

「わかりました」

やはり彼は冷静なようで、ほっとする。そうしてすぐに、部屋へと案内されることになった。

馬車が走れるようになるまで、とりあえず待機するだけなのだ。変に意識してしまった先程の自分が恥ずかしい。

そう思いながら、少し前を歩くフィリップ様に視線を向ければ、相変わらず彼は涼しげな表情を浮かべていたけれど。

右手と右足が、同時に前に出ていた。

たったひとつだけ、わかること

案内された部屋は、かなり広いものだった。それでもいくつかあるスイートルームの中では狭い方らしく、ベッドは寝室に大きなものが一つ、どどんとあるだけだ。

それを見るだけで、なんだか気まずさが増してしまう。

何かあったらすぐにお申し付けください、と案内係が出て行ってしまった後、なんとも言えない沈黙が流れた。

とりあえずお互い無言のまま、大きなL字形ソファの両端に腰掛ける。

「…………」

「…………」

一度は落ち着いたものの、どう考えてもわたし以上に色々と意識し、様子のおかしいフィリップ様を見てしまったせいで、再び落ち着かなくなってしまっていた。

窓の外からは絶えず叩きつけるような雨風の音が聞こえ、時折鳴り響く雷の音に、少しだけ怖くなる。

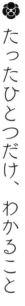

「……何か、飲むか？」

「あっ、はい」

そう返事をすれば、フィリップ様は用意されていた冷えたフルーツティーをグラスに注ぎ、手渡してくれた。

「きゃっ……！」

けれどその瞬間、すぐ近くで雷が落ちたような大きな音が鳴り響いて。驚いたわたしの手からはグラスが滑り落ち、思い切りフルーツティーを被ってしまっていた。

濡れたドレスの気持ち悪い感触と、あまりの冷たさにぞわりと鳥肌が立つ。今日は本当に、踏んだり蹴ったりだ。

「すまない、大丈夫か？」

「いえ、わたしが悪いんです。すみません。お茶を被ってしまったので、先にお風呂に入らせて頂きたいのですが……」

「あ、ああ」

そうしてわたしは先に入らせてもらい、用意されてあった部屋着に着替えて戻った。温かいお湯を浴びているうちに、大分緊張もほぐれた気がする。

フィリップ様はというとソファの端に腰掛け、本棚にあった本を読んでいるようで、真剣な表情で視線を走らせている。

どうやら先程までひどく緊張した様子だった彼もまた、大分落ち着いたらしかった。

「すみません、お先に入らせて頂きました」

「ああ」

「本、読んでいたんですね」

「ああ」

彼はそう言ったまま、こちらを見もしない。

そんなにも集中するほど面白い本なのかと、タイトルが気になり本の方へと視線を向ければ、なんと本自体が上下逆さまなことに気が付いた。落ち着くどころか悪化している。

「あの、本、逆ですよ」

「…………！」

そうわたしが指摘して初めて気が付いたらしいフィリップ様は、頬を赤く染めて。風呂に入ってくると言い、早足で浴室へと消えていった。

そんな様子を見ていると、思わず笑みが溢れる。とは言えわたしも、自分の使った後の風呂に彼が入ると思うと、やっぱり落ち着かなかった。

それからは置いてあった雑誌なんかを読みながら、時間を潰していたけれど。

「フィル、上がったんです、ね……」

やがて戻ってきたフィリップ様を見た瞬間、わたしは思わずその姿に見惚れてしまっていた。

水も滴る、とはよく言ったものだと思う。しっとりと濡れた紺色の髪や、かすかに上気した頬が、普段の何倍も彼の美しさを引き立て、信じられないくらいの色気を引き出していた。

そんな彼を見つめているうちに、いつの間にかフィリップ様にも聞こえてしまうのではないかというくらい、ドキドキしてしまっていることに気が付く。

「ヴィオラ？」

「……な、なんでもないです」

慌てて視線を逸らし俯いたわたしは、落ち着けと何度も自分に言い聞かせた。

それからはお互い好きに過ごしながら、ぽつりぽつりと会話をしているうちに、普段ならば眠っている時間になっていた。窓の外の様子を見る限り、雨風はやみそうにない。

きっと今夜帰ることなどもう無理だと、フィリップ様も気付いているだろう。

かと言って、なんと切り出せばいいのかわからなかった。そろそろ寝ましょうか、と言ったところでベッドは一つしかないのだ。

フィリップ様のことだ、自分はソファで寝ると言い出すに違いない。どうしようと悩んでいると、先に口を開いたのはフィリップ様だった。

「俺はソファで眠るから、君はベッドを使ってくれ」

「そんな、だめです。フィルが使ってください」

「好きな女性をソファで寝かせて、一人ベッドで眠るような男に俺はなりたくない」

「…………っ」

そう言われてしまっては、断れるはずもなく。結局、わたしはお言葉に甘えて一人寝室へと向かったのだった。

◇◇◇

それから、一時間ほど経っただろうか。

羊をいくら数えても全く寝付けず、何度も寝返りを打っていたわたしは、気分転換に何か温かいものでも飲もうとキッチンスペースへと向かう。

すると広間には明かりがついており、フィリップ様はまだ起きているようだった。

「あの、フィルも温かいお茶、飲みますか？」

「……まだ起きていたのか。ありがとう、頼む」

「わかりました」

とは言ったものの、お茶などまともに淹れたことがなかったことに今更気が付いたわたしは、茶葉と格闘していた。どれくらいの量を入れて、どれくらいの時間を置くべきかなどが、さっぱりわからない。

なんとか二人分を淹れ広間へ向かうと、ティーカップの一つを彼の前に恐る恐る置いた。そうしてわたしも端っこではなく、先程よりも少しだけ彼に近い場所に腰掛ける。

やがてカップに口をつけたフィリップ様は、「美味しい」と微笑んだ。その言葉を聞き、良かったとほっと胸を撫で下ろしたわたしもまた、一口飲んでみたけれど。

「ご、ごめんなさい！　それ以上飲まずに捨ててください」

びっくりするほど、味がしなかった。もはやお茶風味のお湯だ。こんなものをフィリップ様に飲ませてしまったなんて、申し訳なさと恥ずかしさでいっぱいになる。

けれどフィリップ様はそんなわたしに向かって、「君が淹れてくれたというだけで、嬉しくて味なんてわからなくなってしまった。ありがとう」なんて言って、笑うから。

その言葉と笑顔に、なんだか泣きたくなってしまう。

「……どうして、」

「ヴィオラ？」

「どうして、そんなにわたしのことが好きなんですか」

そして気が付けばわたしは、そんなことを尋ねていた。

「わからない」

「えっ？」

「理由なんて、わからない。けれど俺はもう、ヴィオラじゃないと駄目なんだ」

困ったように笑うフィリップ様を見ていると、やはり悲しくもないのに泣きたくなる。

それと同時に、わたしは以前感じていたものとは違う、ふわふわとした胸の高鳴りも感じ始めていたのだった。

気付いてしまう

フィリップ様はお湯を飲み干すと、戸惑い黙ってしまったわたしに「君の分を淹れてくる」と言い、立ち上がった。

「あの、近くで見ていてもいいですか？　わたしもお茶を、うまく淹れられるようになりたくて」

「ああ。俺で良ければ教える」

「ありがとうございます」

快諾してくれた彼の後をついていき、二人でキッチンに並び立つ。

そしてフィリップ様は子供にもわかるくらい、丁寧にお茶の淹れ方を教えてくれた。わたしはそんな彼の手元を見ながら、指先まで綺麗だなんて思ったりもして。

やがてティーカップを手に、再び広間へと戻ったけれど。

「…………」

ソファにぽふりと腰を下ろした後、わたしは自身が座った位置がおかしいことに気が付いた。

キッチンにいた時の感覚で、ついフィリップ様のすぐ隣に腰を下ろしてしまったのだ。そして隣からは痛いくらいの視線を感じる。恥ずかしすぎて、穴があったら入りたい。

今更離れた場所に座り直すのもおかしいだろうしと、落ち着かない気持ちでいた時だった。

「っきゃ……！」

不意に、先程よりも大きな雷の音が鳴り響き、地震かと思うくらいに建物が揺れたのだ。その瞬間、停電が起きたらしく部屋の中が真っ暗になる。あまりの恐怖に、わたしは思い切りフィリップ様にしがみついてしまっていた。

するとすぐに彼はわたしの背中に腕を回し、「大丈夫だ」と何度も優しく声をかけてくれて。

そして時折、とんとんと背中を撫でてくれる。すると魔法のように、恐怖心が和らいでいくのがわかった。

「……ありがとう、ございます」

「ああ」

それから、十分くらい経っただろうか。

わたしは何故か、落ち着いた今もまだフィリップ様の腕の中にいるままで。柔らかな良い匂いと温かな体温、そして速い鼓動の音が、ひどく心地好い。

そのせいか、だんだんと瞼《まぶた》が重たくなってきてしまう。

「……今日、一緒にいたのが俺で良かった」

「えっ？」

「仕方ない状況とは言え、もしも君が他の男とこうしていたらと思うと、耐えられそうにない」

そして彼は、たとえレックスが相手だとしても嫌だなんて呟いた。多分、わたしもレックスも普通に嫌だと思う。

「大丈夫です」

「…………？」

「わたしは、フィルだからこうしているんだと思います」

気が付けばわたしの口からは、そんな言葉がすんなりと出てきていた。

けれど本当に、彼以外の人とこうして抱き合っている状況など、想像もつかなかったのだ。

そう呟いた後、ひどい眠気に襲われたわたしは耐えきれず、ゆっくりと瞼を閉じる。そしてフィリップ様の次の言葉を聞く前に、夢の中へと落ちて行ったのだった。

◇◇◇

「……ん、」

ゆっくりと瞼を開ければ、窓からは眩しい朝日が差し込んでいた。

何度か瞬きを繰り返しているうちに、自身が温かくて良い匂いに包まれていることに気が付く。

そうして、だんだんと意識がはっきりとしてきたわたしは、慌てて顔を上げた。まさか。

「おはよう」

驚くほど近距離で、フィリップ様と目が合って。彼はまるで、お日様みたいに柔らかく笑った。

窓から差し込む朝日に照らされた彼は、驚くほどに眩しい。

それと同時に、彼の服をしっかりと掴んでしまっている自身の手にも、ようやく気が付いた。

「あ、あの、わたし……」

「昨夜、君はこの体勢のまま寝てしまって、ベッドへ運ぼうにも何も見えなくて無理だった。それに俺の服を摑んで離さないから、そのままの状態で今までいた」

「えっ」

ちらりと時計を見れば、もう朝だ。

もしやフィリップ様はわたしのせいで一晩中寝ていないのではないだろうかと、申し訳なさで冷や汗が止まらない。

「ほ、本当にごめんなさい、フィルは寝ていないのでは？」

「いや、俺も少し眠ったから大丈夫だ」

彼はそう言ったけれど、本当だろうか。

わたしに気を遣い、嘘をついてくれているとしか思えない。

「あ、あの、寝顔、見ました……？」

「ああ。信じられないくらいに可愛かった」

そんなことを真顔で言われてしまい、わたしは慌てて両手で顔を覆った。寝顔なんて、可愛いはずがない。

子供の頃、うっかり庭のベンチで寝てしまった時、レックスにびっくりするほど間抜けな寝顔をしていると言われたことがあるのだ。恥ずかしすぎる。

「……君の寝顔を見ながら、幸せとはこういうものなんだろうなと思っていた」

指の隙間からそっと様子を伺えば、フィリップ様は本当に幸せそうな、柔らかい表情をしていて。わたしはそれからしばらく、彼の顔を見ることができなかった。


窓の外は昨日の悪天候が嘘のように、晴れ渡っている。

それからは、部屋に運ばれてきた朝食を二人で向かい合って食べた。朝からこうして一緒に食事をするなんて、なんだか不思議な気持ちになる。

もしもいつか彼と結婚したのなら、毎朝こんな風に過ごすのだろうかなんて考えてしまう。

「フィルって、本当に綺麗に食べますよね」

「そうだろうか？」

「はい、昔からそう思っていて、……っ」

そこまで言って、わたしは慌てて口を噤んだ。何を、言っているんだろう。あまりにも気を抜きすぎていた。

慌ててフィリップ様へと視線を移せば、彼はひどく驚いた様子でわたしを見つめている。

「記憶が戻った、のか」

「よ、よくわからないんですけれど、口が勝手に……」

「……そうか。他に何か、思い出したりは？」

苦しすぎる嘘だったけれど、どうやら信じてくれたらしく、ほっと胸を撫で下ろした。

……本来なら、このまま記憶が戻ったと言っても良かったはずだった。わたし自身が困ることなんてもう何もないのだから。

むしろこんな最低な嘘をつき続けなくて済むだけで、だいぶ気持ちが軽くなるだろう。

けれど先日レックスに言われた言葉が頭を過ぎった途端、わたしは咄嗟に嘘をついていた。

もしも記憶が戻ったと彼が知ったら、きっと今の関係のままではいられなくなるだろう。今まで彼につかれた嘘の内容から考えれば、レックスの言う通り引きこもるくらいしてもおかしくはないのだ。わたしなら間違いなくそうする。

そして同時に、気が付いてしまっていた。

「……他には何も、思い出していません」

フィリップ様に会えなくなってしまうのが、何よりも嫌だということに。

誕生日1

『ねえ、ヴィオラもフィリップ様に渡してみたら？』

『えっ？』

『いつもは豚さんに食べさせるのも可哀想なレベルだけれど、今日のは上手にできていたもの。たまには、ね？』

そんなジェイミーの褒めているんだか貶しているんだかわからない言葉を受け、わたしは手のひらの上にある、綺麗にラッピングされたクッキーをじっと眺めてみた。包装がとても綺麗なだけで、中身はいつも通り歪な形をしているのだけど。

わたし達の周りでも、つい先程調理実習で作ったクッキーを手に、周りの女子生徒たちは皆、誰にあげようかなんて話し、浮き足立っている。

ちなみにお菓子作りが苦手なわたしはいつも、出来上がったものは全て、何故か欲しがるジェイミーにあげていた。彼女がそれをどうしているのかは、未だに謎のままだ。

確かに今回は、わたしにしてはうまくいった方だと思うけれど。フィリップ様にあげるなんて、考えてもみなかった。

『最近のあなた達は周りからも不仲だなんて言われているんだし、たまには仲良しアピールも大切だと思うの』

『……不仲なのも、事実だし』

『まあとにかく、渡してみて。ね？　お願い』

そうして背中を押され、「行ってらっしゃい」と教室から追い出されてしまう。何故彼女は、そこまでしてフィリップ様に渡させようとするのだろうか。

実際、婚約者に渡すのはよくあることだし、今回はジェイミーに言われたからだ。深い意味はない。そう自分に言い聞かせ、特進クラスへと向かう。けれど教室に彼の姿はなく、渡さずに済んだことで、ひどくほっとしてしまう。

けれどすぐに教室に戻っては、ジェイミーに何か言われてしまうだろう。裏庭を通り、遠回りして戻ることを決める。

そうして鼻歌を歌いながら歩いていたわたしは、不意に見知った人影を二つ見つけてしまい、思わず足を止めた。

――どうして、ナタリア様とフィリップ様が二人でこんなところにいるのだろう。

『……本当に、ヴィオラ様は困ったものですわ。フィリップ様もそう思うでしょう？』

『ああ。俺と彼女は、何もかもが釣り合わないというのに』

そんな言葉が聞こえてきた瞬間、心臓が凍りつくような感覚に襲われた。

……それと同時に、やっぱり、と納得してしまっている自分がいた。わたしが彼と釣り合わないのは、周知の事実なのだから。

『では、ヴィオラ様には何の興味もないのですね？』

そんなナタリア様の質問に、彼は迷うことなく頷いた。


『ああ。家同士のあんな約束がなければ、関わることすらないだろうな』


吐き捨てるようにそう言ったフィリップ様の言葉に、わたしはじわじわと視界がぼやけていくのを感じて。気が付けば、逃げるようにその場から走り出していた。

……本当に、バカみたいだ。こんなクッキーなんて持って行って渡したところで、どうせ捨てられるだけだというのに。ぐしゃりとそれを握ると、涙が溢れた。

決められたこととは言え、彼と赤子の頃から一緒に過ごしてきた時間は決して、短いものではない。普段素っ気ない態度をとるフィリップ様にも、少しくらいわたしに対して情のようなものがあるのではないかと、期待してしまっていたことにも今更ながら気が付いて。余計に、涙が出た。


そしてそれから数日後、わたしは彼に言ったのだ。

「フィリップ様なんて、大嫌い」と。

◇◇◇

内容は覚えていなかったものの、なんだか嫌な夢を見てしまったような気がする今日。

わたしはいつものようにローレンソン公爵邸でフィリップ様と向かい合い、お茶をしていた。

「……フィルのお誕生日、ですか」

「ああ。パーティーには君も一緒に参加して欲しい」

そんな彼の言葉に、わたしは内心頭を抱えていた。毎年必ず参加していたというのに、今年は完全に忘れていたのだ。

「は、はい、わたしで良ければ」

「ありがとう。……それで、なんだが」

「はい」

「当日、君が着るドレスを贈ってもいいだろうか」

照れたようにフィリップ様がそう言ったことで、どきりと心臓が大きく跳ねてしまう。

「フィルのお誕生日なのに、いいんですか……？」

「ああ。だからこそ、俺が贈ったものを着て欲しい」

「……ありがとうございます。嬉しい、です」

そう返事をすれば、彼はひどく嬉しそうに微笑んだ。過去の常に無表情だった頃など、もう思い出せないくらい、その雰囲気はとても柔らかいものに変わっている。

それと同時に、ドレスまで頂くことになってしまったわたしは、プレゼントをどうしようかと余計に悩んでしまう。

今まではお互い、最低限の花なんかを贈り合うだけだったのだ。けれど今年はそうもいかないだろう。かと言って、彼が喜びそうなものなど、何一つ思い浮かばない。

「あれ以来、記憶は戻っていないのか」

「はい。今のところは何も」

「……そうか」

そんなわたしの返事に、フィリップ様は何故か少しだけ悲しそうな顔をしたけれど。

「当日、楽しみにしている」

やがて小さく笑った彼に、喜んでもらえるようなものを贈りたい。わたしは心の底から、そう思ったのだった。

◇◇◇

「……で、俺が呼ばれたと」

「他にこんなことを相談できる人なんて、いないもの」

そんな会話をしながら、わたしは今、レックスと向かい合いながら馬車に揺られている。

あれから数日、色々と考えてみたけれど何一ついい案が思いつかなかったわたしは、レックスにプレゼント選びに付き合ってもらうことにしたのだ。

思い返せば、わたしはレックスのことも大の苦手だったはずなのに、今ではそう感じることもなくなっていた。本人には絶対、そんなことは言えないけれど。

「プレゼントねえ。あいつはお前が選んで渡せば、その辺に落ちてる石でも喜ぶと思うけど」

「そんなわけ、」

……ありそうだ。あんなひどい出来のハンカチですら、喜んでいたのだ。今までの様子を見る限り、あり得そうで困る。

「とにかく、フィリップ様にちゃんと喜んでもらいたいの」

「へえ？　へえ〜！　それはそれは」

ニヤニヤとしながらこちらを見つめるレックスから顔を逸らすと、わたしは窓の外へと視線を移した。

「いやいやいやいやいや、ムリムリムリムリムリ」

「俺は本気でこれが一番いいと思う」

「絶対にムリ！　こんなの渡せない、恥ずかしくて死ぬ」

現在、王都でもトップクラスの人気宝石店で、わたしとレックスはそんなやりとりをしていた。

彼がプレゼントに良いと勧めてきたものは、なんとペアのネックレスだったのだ。

確かにデザインも素敵だけれど、お揃いのものだなんて恥ずかしくて贈れるはずがない。

「間違いなく、何よりも喜ぶと思うけどなあ」

「で、でも」

「ふうん、お前のフィリップを喜ばせたいって気持ちはその程度だったんだ。がっかり」

「わ、わかったわよ！」

そしてわたしは勢いに身を任せ、そのままペアのネックレスを購入してしまったのだけれど。

「んまあ！　信じられませんわ！」

そんな声に振り向けば、またもやナタリア様がいて驚いてしまう。どれだけ偶然が重なるんだろうか。わたしはまた面倒臭いことになりそうだと、こっそり溜め息をついた。

「フィリップ様というものがありながら、レックス様とペアのネックレスを買うなんて……」

「えっ？　いえ、これは」

「言い訳など聞きたくありませんよ！」

「違うんです、本当にこれは」

またフィリップ様に余計なことを吹き込まれては困ると思い、説明しようと思ったものの、怒った様子のナタリア様は沢山の荷物を抱えた従者を連れ、出て行ってしまった。

とんでもない誤解をされてしまった気がするけれど、流石にレックスが相手ならば誰も信じないだろう。

「あはは！　完全に俺、浮気相手になってるじゃん」

「…………はあ」

爆笑するレックスの隣で、わたしはこのネックレスをなんと言って渡そうかと、ひたすら頭を悩ませていたのだった。

誕生日2

「フィリップ様、お誕生日おめでとうございます」

「ありがとう」

フィリップ様の誕生日当日。わたしは彼に贈られたドレスを着て、笑顔で彼の隣に立っていた。

……彼から頂いたドレスは、先日二人で行った人気店のオーダーメイドのもので、わたしにぴったりだった。かなり前から発注していたに違いない。一体、いつの間に。

深い青のドレスは本当に華やかで綺麗で、ドレスを着てみた直後は嬉しくて何度も鏡の前でくるくる回ってしまい、セルマに笑われてしまった。恥ずかしい。

わたしは次々と挨拶をしにくる招待客に、ひたすら笑顔を向けるだけ。フィリップ様が自分がフォローするから、わたしはほぼ喋らなくていいと言ってくれたのだ。誰よりも無口な彼がそう言ってくれたことに、ひどく胸が打たれた。それと同時に、どきどきと胸の鼓動が速くなっていく。

そもそも公爵家の嫡男ともなれば、招待客の数もかなりのもので、一人一人ゆっくり話すような時間はあまりないのだけれど。それでも、とてもありがたかった。

「フィリップ様、公爵様がお呼びです」

パーティーも中盤に差し掛かった頃、フィリップ様は公爵様に呼ばれて。彼は少し待つように告げると、会場内からレックスを探し出し「少しの間ヴィオラを頼む」と言った。

わたしが一人になって困らないよう、配慮してくれたのだろう。そんな優しさに、やっぱり胸が高鳴る。

「ん、任せて。それにしてもヴィオラを頼む、だなんて格好いいじゃん。婚約者を通り越して夫って感じ」

「フィル、ありがとうございます。ここで待っていますね」

そんなことを言い茶化すレックスの脇腹を肘でつつくと、わたしは笑顔でフィリップ様を送り出す。それでもしっかり彼の耳は赤くなっていて、わたしも内心照れてしまう。

「あ、そうだ。プレゼント渡せた？」

「……まだ渡せてない」

「はあ？　始まる前に時間あっただろ」

「やっぱり、恥ずかしくて」

わたしがそう言うと、レックスは盛大な溜め息をついてみせた。反省も後悔もしているから、許して欲しい。

「終わる頃にはバタバタして渡せないだろうし、途中で俺がうまいこと二人にしてやるから、そこで絶対に渡せよ」

「……ごめん、ありがとう。今度なんかお礼をするね」

「物なんていらないよ。これからもフィリップとの話をちゃんと俺に報告して、腹が痛くなるくらい笑わせて欲しい」

彼は一体、わたし達のことをなんだと思っているんだろう。それでもレックスにはかなり助けられているのも事実で、わたしは大人しく頷いた。

それからは時折、学園の同級生やレックスの知人なんかに声をかけられたものの、レックスの完璧なフォローにより、わたしは何のボロも出さずに済んだ。そうして三十分程経った頃、フィリップ様がこちらへ戻ってくるのが見えた。

けれど彼は数歩歩くたびにあちらこちらから声をかけられていて、中々こちらへと辿り着く気配はない。きっとわたしから近づいて行った方が早いと思い、彼に向かって歩き出す。

その途中で、フィリップ様は一人の令嬢に声をかけられていた。その顔には見覚えがある。彼女は確かわたし達の同級生で、彼と同じ特進クラスに在籍していたはず。

近づいて行くにつれ、二人の会話が聞こえてくる。

「フィリップ様？　どうかされましたか？」

「……髪に、糸くずが」

「やだぁ、本当ですか？　誰かに見られては恥ずかしいので、このままフィリップ様が取って頂けません……？」

そんなもの、自分で軽くはらうか他の人にとってもらえばいいものを。名も知らない令嬢は頬を赤らめていて、彼に対して下心があるのがまるわかりだった。

けれどフィリップ様は、そんなことには全く気が付いていないらしい。その上、ただゴミを取ってやるくらいの感覚のようで、「わかった」などと言っている。

そして彼が、彼女の髪へと手を伸ばした時だった。

「っだめ！」

早足で駆け寄ったわたしは、両手でフィリップ様の腕をぎゅっと掴んでいて。気が付けばそんなことを口走っていた。

まるで時間が止まったかのように、フィリップ様も令嬢も固まってしまう。わたし、いま何を。

やがて令嬢ははっとしたような表情を浮かべ、気まずそうに「失礼します」と言うと、逃げるように去っていった。

「…………」

「…………」

我に返ったわたしは、慌ててフィリップ様の腕から手を離す。彼は未だに、何も言わず固まっているままで。

わたしも、何一つ言葉が出てこない。

「見ーちゃった」

するとと永遠にも感じられる長く重い沈黙を破ったのは、ひどく楽しげな笑みを浮かべたレックスだった。


「ヴィオちゃん、焼きもち焼いちゃったんだ？」


レックスのそんな言葉に、フィリップ様の瞳が驚いたように見開かれる。けれど、驚いたのはわたしも同じで。

——焼きもち。つまり、嫉妬だ。わたしが、フィリップ様に対して、焼きもちを？

そんなはずはと思っても、先程彼が他の女性に触れようとした時に感じたのは、確かに「嫌だ」という感情だった。

それを自覚した途端、わたしはあまりの恥ずかしさに顔に熱が集まっていき、慌てて両手で顔を覆う。


「…………っ」

ああ、間違いなく、これは嫉妬だ。

「……本当、に？」

すぐ近くから、フィリップ様のひどく動揺したような声が聞こえてくる。レックスの言葉をわたしが否定しないことで、彼も戸惑っているに違いない。

「ねえ、俺がこの場は何とかしておくからさ。二人で少し抜け出して、話でもしてきたら？」

俺がなんとかするなんて言った彼は、ローレンソン家の人間でもなんでもないのだけれど。レックスがそう言うのだ、本当に何とかなってしまうのだろう。

そしてきっとこれは、先程彼が言っていたプレゼントを渡すチャンスだ。正直、この状況で二人きりになった上にプレゼントを渡すなんて難易度が高すぎるけれど、レックスの厚意を無駄にする訳にはいかない。

フィリップ様も彼に対して「すまない、ありがとう」と言うと、わたしの腕を引き会場を後にしたのだった。

◇◇◇

腕を引かれ辿り着いたのは、パーティーが始まるまで休んでいた部屋で。二人で中へと入りドアを閉めた途端、フィリップ様はそのままわたしに向き直った。

期待するような、縋るような彼の瞳の中に映る、女の子のような顔をした自分と目が合う。

「……本当に、嫉妬、してくれたのか」

そんな彼の言葉に対し、わたしはあれだけ嘘をついてきたくせに、何故か「違う」という嘘だけはつけなくて。

躊躇いつつも小さく頷けば、フィリップ様は今にも泣き出しそうな顔をした後、わたしをきつくきつく抱きしめた。

「……嬉しすぎて、どうしたらいいかわからない」

「あ、あの」

「あんなことは二度としない。すまなかった」

「……っ」

「一生、君以外の女性には触れないと誓う」

そんな言葉が、どうしようもなく嬉しいと思ってしまう。そしてフィリップ様は「好きだ」と呟くと、わたしを抱きしめる腕に力を込めた。

以前レックスが言っていた、触れたいとか触れられたいとか、キスしたいだとか。そういう感情はまだ、わたしにはわからないけれど。それでも。

……わたしはもう、自身の中で芽生え育っていく恋心から目を背けられなくなっていた。

❀誕生日3

「……あ、あの！　渡したいものがあるんです」

恥ずかしさが限界を超えたわたしは、この流れなら渡せると思い、彼からそっと離れると、テーブルに置いてある自身のバッグから彼への誕生日プレゼントを取り出す。

フィリップ様にソファに座らないかと提案すれば、彼はすぐに移動してくれて。わたしは彼の隣に座ると、小さく深呼吸をした後、おずおずと紙袋を差し出した。

「本当に本当に、大したものではないんですけれど、お誕生日プレゼントです。受け取って頂けますか」

「…………俺に？」

「他に、今日お誕生日の方がいるんですか？」

そう言って笑えば、ぽかんとした表情を浮かべたフィリップ様は、戸惑った様子のまま「ありがとう」と言い、受け取ってくれた。開けてもいいだろうかと尋ねられ、恥ずかしいからできれば家で開けて欲しかったけれど、小さく頷いた。

まるで宝物を扱うかのように、ゆっくりと丁寧に袋を開けていく。そしてネックレスの入った箱を取り出し、そっと開けた瞬間、彼の瞳がひどく驚いたように見開かれて。

やがてその視線は、わたしの首元へと向けられた。実はわたしも今日、同じものを身に付けて来ていたのだ。

「これは、君と」

「はい、お揃いです。ええと、嫌だったら付けなくても」

そこまで言いかけたわたしは、言葉を失った。

フィリップ様の透き通った金色の瞳からは、ぽた、ぽたり、と真珠のような大粒の涙が静かにこぼれていいて。彼が泣いているのだと理解するのに、かなりの時間を要した。

「……すまない、あまりにも、嬉しくて」

まさか、泣くほど喜んでくれるだなんて思ってもいなかったわたしは、戸惑いを隠せずにいた。

──この人は、どれほどわたしのことが好きなのだろう。

彼の表情や言葉に、じんと鼻の奥が痺れる。わたしは視界がぼやけていくのを、ぐっと唇を噛んで堪えた。

「一生、肌身離さず身に付ける。本当にありがとう」

子供のように、ひどく幸せそうに微笑むフィリップ様の笑顔に、ぎゅっと胸が締め付けられる。

それと同時に、身体の奥底から嬉しさと愛しさが一気に込み上げてきて、泣きたくなる。彼のことが好きだと、わたしは痛いくらいに思い知らされていた。

フィリップ様は涙を拭い、照れ臭そうに小さく笑うと、再び紙袋の中を覗き込んだ。

「まだ、あるのか？」

「は、はい。自信はないんですけれど」

そして彼が取り出したもう一つの小袋の中身は、わたしの手作りのクッキーだった。

レックスと買い物に行った後、ジェイミーにも相談してみたところ、何か手作りのものもあると尚いいと言われたのだ。

流石にもう刺繍はいいだろうと思ったわたしは、手作りのお菓子を贈ることにした。それからは我が家のシェフと何度も練習し、可愛らしい型を使ったことで、今回ばかりは見た目も味も普通のクッキーが出来上がった。

「これも、ヴィオラが？」

「はい。わたしの手作りです」

彼は「嬉しい」と目を細め、花の形をしたクッキーを一つ摘むと、口に入れた。何度も味見をしたけれど、やっぱりどきどきしてしまう。

「……とても美味しい。驚いた」

「本当ですか？　良かったです」

「上達、したんだな」

美味しいと言ってもらえたことで安堵するのと同時に、ふと一つの疑問が浮かぶ。

わたしは今まで、彼に手作りのお菓子を贈ったこともなければ、お菓子作りが苦手だという話をしたこともないのだ。何故上達したということを知っているのだろう。

丁寧に残りのクッキーを袋にしまうと、彼はネックレスを早速身に付けてくれた。まるでフィリップ様のために作られたのではないかと思えてしまうくらい、よく似合っている。

「本当にありがとう。人生で一番、幸せな誕生日だ」

「こちらこそ、喜んで頂けて良かったです」

彼はわたしから視線を逸らすと、ぽつりと呟いた。

「……幸せというのは、怖いものなんだな」

「えっ？」

「いつか終わりが来てしまうと思うと、怖くなる」

終わりが来てしまうとは、どういう意味なのだろう。尋ねようとした途端、不意にノック音が響いた。

「フィリップ様、そろそろ戻るようにとレックス様が」

「わかった」

そう返事をすると、彼は「戻ろうか」とわたしに手を差し出して。わたしは疑問がいくつか残ったまま、彼と共に会場へと戻ったけれど。

「あれ、フィリップ。そのネックレス、さっきは付けてなかったよね？　まさかヴィオラからの誕生日プレゼント？　ていうかヴィオラも同じの付けてるじゃん、お揃い〜？」

なんて冷やかし続けるレックスを含め、色々な人にお揃いのネックレスについて突っ込まれて。

羞恥で死にそうになっていたわたしは、いつの間にかそんな疑問は、頭から消えてしまっていたのだった。

◇◇◇

「まあ。無事渡せたのね。良かった！」

それから数日後。わたしはお父様に連れられ、家族ぐるみで付き合いのある知人の夜会に参加している。正直行きたくなかったけれど、ジェイミーも招待されていると知り、報告もしたかったわたしは、重い腰を上げてやって来ていた。

夜会はかなり大規模なもので、沢山の招待客がいる中、わたしはジェイミーと壁際でお喋りに花を咲かせていた。

「クッキーも、美味しいって言ってくれたわ」

「本当に良かった！　勧めておいてなんだけれど、あなたは昔からお菓子作りは苦手だったから、心配していたの。まあ、フィリップ様ならなんでも食べたと思うけど」

「なんでそんなこと、言い切れるの？」

「……怒らないで聞いてくれる？」

上目遣いでそう尋ねてくるジェイミーに、嫌な予感しかしない。それでもわたしがこくりと頷けば、彼女は「エヘヘ」と笑うと、口を開いた。

「あのね、私、学生時代に調理実習でヴィオラが作った激マズ……じゃなかった、ブタさんのおやつ的なものをいつも貰っていたんだけれど」

言い直す必要がなかったのでは？　と突っ込みたくなるのを堪え、わたしは彼女の言葉に耳を傾けながら、手に持っていたジュースが入ったグラスに口をつける。

「それね、毎回フィリップ様にあげてたの」

「つげほ、ごほ、」

次の瞬間わたしは吹き出し、死ぬかと思うくらいにむせていた。本当に待って欲しい。

あんな人間の体内に入れると健康に害がありそうな、不味いものを何故フィリップ様に。

「いつだったかしら、夜会でたまたまフィリップ様と顔を合わせた時に、ヴィオラはいつも調理実習で作ったものをどうしているのか尋ねられたのよ。誰かにあげているのかって」

「……えっ」

「人様にあげられるようなものじゃないから、いつも捨てているみたいですよって答えたわ。そしたら、それを俺にくれないかって言われて」

「…………」

「捨てるくらいならフィリップ様にあげたほうがいいかなと思って、それからは私が貰うフリをして彼にあげてたの。隠しててごめんね？」

戸惑うわたしに、ジェイミーは尚も続けた。

「でね、一度だけ渡す時に、本当にこんなものを食べているんですか？　って聞いたの」

「う、うん？」

「そしたら、真っ黒こげのクッキー、目の前で全部食べてくれて驚いちゃった。フィリップ様、涙目になってたけど」

「……っ」

「だから、卒業までずっと渡してたわ」

「本当はね？　ヴィオラはフィリップ様に嫌われているっていつも言っていたから、全部話して誤解を解きたかったけれど、フィリップ様は絶対に言わないでくれって言うし……私が勝手に余計なことをしていいものか悩んでいるうちに、卒業してしまって」

「……うん、わかってるわ。ありがとう、ジェイミー」

もしも彼女が話してくれていたとして、当時のわたしがそれを信じていたとはとても思えない。

その気持ちだけで、嬉しかった。勝手に渡していたことも責める気にはなれない。

それにしても、フィリップ様がそんなことをしていたなんて、想像すらしていなかった。

手作りだからといって酷い失敗作を食べるくらい、彼はわたしのことが好きらしい。

やっぱり、嬉しいと思ってしまう。あんなものを作り出していたことが知られていたなんて、ひどく恥ずかしいけれど。

「……ヴィオラ？」

顔に熱が集まっていき、両手で頬を押さえていると、聞き覚えのある声に名前を呼ばれて。視線を向ければ、そこには学園時代の同級生達と共に、シリル様が立っていた。

終わりはいつも突然で

「こんばんは、ヴィオラ。君も来ていたんだね」

ふわりと花が開くような柔らかい笑みを浮かべると、シリル様は友人達の元を離れ、こちらへとやってくる。するとわたしと彼の間に、物凄い勢いでジェイミーが割り込んだ。

「こんばんは、シリル様。ヴィオラに何の用で？」

「ジェイミー嬢も、こんばんは。少しヴィオラと話がしたいなと思ったんだけど、駄目だった？」

そんなシリル様の言葉に、ジェイミーは首を縦に振ったけれど、何か思い出したように「あっ、でも先日はありがとうございました……」と言うと、急に弱気になり始めて。

それと同時に現れた彼女の父である侯爵様によって、ジェイミーはあっという間に連れて行かれてしまった。よく分からないけれど、大丈夫だろうか。

「彼女は相変わらずだね。君は元気だった？」

「ええ、お蔭様で」

「やっぱり、記憶は戻っていないのかな」

「……はい」

元々、記憶喪失だという嘘をつくことに罪悪感は感じていたけれど、最近は以前よりもそれが増した気がする。

「顔が赤いけど、何かあったの？」

「その、嬉しいことがあって」

そう答えると「フィリップ絡み？」と尋ねられ、素直にこくりと頷けば、彼は驚いたような表情でわたしを見た。

「君のそんな顔は、初めて見たよ」

「そ、そうでしょうか」

「うん。もしかして、フィリップのことが好きになった？」

思わず、どきりとしてしまう。今日のシリル様はやけに質問が多いけれど、何故そんなことを尋ねてくるのだろうか。

それでもわたしは自然と、彼の宝石にも似た深緑の瞳をまっすぐに見つめ返しながら「はい」と答えていた。

「フィリップが君に、嘘をついていたとしても？」

「ええ。実は、わたしも大嘘つきなんですよ」

笑顔でそう言えば、シリル様は驚いたような表情を浮かべた後、「そっか」と眉を下げ、困ったように微笑んだ。

「……確かに好きになってしまえばそんなこと、気にならなくなってしまうのかもしれないね」

「…………？」

やがて彼は「ウェズリー子爵のところまで送るよ」と言うと、お父様がいる辺りまで付き添ってくれて。

「あの、ありがとうございました」

「いいえ。それじゃあ、俺は行くね」

「はい、また」

「……うん。またね、ヴィオラ」

そうしてわたしに手を振った彼の表情は何故か、あの日、彼がわたしに好きだと伝えた時と重なって見えた。

◇◇◇

社交シーズンに突入してしまったせいで、避けられないイベントも多くなってきた今日この頃。

王家主催の舞踏会に参加するため、わたしはフィリップ様と共に王城へと向かう馬車に揺られている。

元々社交の場が苦手なわたしは、知人だらけなことを思うとやはり気が重くなったけれど。フィリップ様やレックスもいることで、かなりの安心感に包まれていた。

到着後、最低限の挨拶をして周り一曲だけ踊り終えた後、何か飲みながら軽く休もうかと話していた時だった。

「あら、久しぶりねえ。フィリップ」

不意に聞こえてきた甘ったるい声に、わたしは慌てて顔を上げた。今この国で、フィリップ様のことを呼び捨てにできる女性など、限られている。

「……ミラベル様」

フィリップ様は彼女の名前を呼んだ後、「第六王女のミラベル様だ、何も言わずにいてくれ」とわたしに囁いた。

この国の第六王女であるミラベル様は、わたし達の学園での同級生だ。そんな彼女は既に他国の王族に嫁いだと聞いており、今日この場に来ているとは思わず、驚いてしまう。

当時の彼女はかなり我儘で、周りがひどく手を焼いていたというのは有名な話だ。人はそう簡単には変わらない。今でも彼女は注意すべき人物だと、彼も思っているのだろう。

フィリップ様とミラベル様は当たり障りのない世間話をしていたけれど、やがて彼女はわたしへと視線を移した。

「それにしてもあなた達、仲直りしたのね。驚いたわ」

「……仲直り、ですか？」

突然のそんな言葉に、思わず聞き返してしまう。それと同時に、隣にいたフィリップ様の肩が小さく跳ねた。

「学生時代にね、フィリップがナタリアとあなたの悪口を言っているのをわたくし、偶然聞いていたのよ」

「っそれは、」

彼女の言葉を遮るように、慌てて口を開いたフィリップ様には見向きもせず、ミラベル様は続ける。

「あなたがそれを聞いて、泣きながら走っていくところも見たわ」

「……えっ」

——まさかあの場所にミラベル様もいて、わたしの姿まで見られていたなんて。

彼らの会話を聞いてしまったこと、泣きながらその場を離れたことがフィリップ様に知られてしまい、恐る恐る隣の彼を見上げれば、その顔からは表情が抜け落ちていた。

「本当に、仲直りできて良かったわね。お幸せに」

そんな彼の様子には気付いていない様子のミラベル様は、くるりとわたし達に背を向け、去って行く。

ひどく顔色が悪いまま黙り続けるフィリップ様に対し、わたしはどうしていいのかわからず、戸惑ってしまう。

やがて彼は片手で顔を覆うと、今にも消えそうな小さな声で「違うんだ」と呟いた。

「まさか君が聞いているなんて、君を泣かせてしまっていたなんて、知らなかった」

「フィル……？」

「あの日のことは本当に、違うんだ。こんなこと、今の君に言ったところで、何の意味もないというのに……」

フィリップ様は、今にも泣き出しそうな表情を浮かべている。こんな風に取り乱している姿を初めて見たわたしは、ただこの場に立ち尽くすことしかできない。

やがて彼は突然わたしの腕を引くと、何処かへ向かって歩き出す。そして辿り着いたのは、レックスの元だった。

「……すまない、少しだけ一人で頭を冷やす時間が欲しい」

「は、はい」

「レックス、彼女を頼む」

「俺、完全に保護者枠になってない？　別にいいけど」

そうしてフィリップ様は、ふらふらと一人その場を後にした。ひどく不安定なその様子に、心配と不安が募る。

「もしかして、何かあった？」

「……実は」

先程見聞きしたことをそのまま伝えれば、レックスは「うわー……」と、かなり気まずそうな表情を浮かべた。

「とりあえずここで話すことじゃないし、少し抜けようか」

「えっ？」

「緊急事態だ、これは流石にフィリップが可哀想過ぎる」

……一体、レックスは何を知っているんだろうか。

大人しく彼の後をついて行き、人目を避けて奥の方にある休憩室へと入る。本来ならわたし達が二人で休むなんて良くないことだけれど、緊急事態というのなら仕方がない。

テーブルを挟み向かい合うようにして座ると、レックスは椅子に背中を預け、深い溜め息をついた。

「あのさ、お前がフィリップに嫌われてると思った一番の原因って、やっぱりそのミラベル様が言ってた話なわけ？」

「うん」

即答すると、レックスは「いやー、流石に俺も責任感じるわ」なんて言い、珍しく暗い表情を浮かべている。

そしてひどく気まずそうに、口を開いた。

「……実は、お前が聞いたフィリップとナタリアちゃんの言葉って、全部嘘っていうか、演技なんだよね」

「……は？」

「お前も知ってるだろ？　当時のミラベル様の、人の物が欲しくて手に入るまで諦めない、っていう我儘っぷり」

確かにそんな話は聞いたことがあった、けれど。

あの日のことが全て嘘だという、信じがたいレックスの言葉に、わたしの心臓は早鐘を打ち始めていた。

「当時は婚約者や恋人がいる男ばかりを好んでたみたいなんだけど、ある日その標的がフィリップになったんだよ」

「えっ？」

「フィリップも筆頭公爵家の嫡男だし、相手が王女といえど断るくらいの力はある。けれど簡単にミラベル様が諦めるとは思えない上に、あの人は相手の令嬢にも平気で嫌がらせをしたり、手を出したりする人だったからさ」

「…………」

「そんな中、もしも断ってヴィオラに何かあっては困るってフィリップに相談された当時の俺は、波風を立てないためにも一芝居打って、ミラベル様の興味を失いさえすれば、みんなハッピーじゃない？　って言っちゃったんだよね」

もう、ここから先は容易に想像できてしまった。当時の記憶が走馬灯のように蘇ってきて、胸が苦しくなっていく。

「で、毎日同じ時間にミラベル様が決まって通る場所で、フィリップがヴィオラになんて興味ない、婚約破棄したいくらいだって言っているのを延々と聞かせる作戦になったんだ。その上、ナタリアちゃん相手なら更にリアリティ増すんじゃない？　ってことで彼女にも協力を頼んで、いざ実行してみたら驚くくらい簡単に成功したんだけど」

「…………」

「……まさか違う問題が起きてたなんて、知らなくて」

レックスはそこまで言うと、「ごめん」と呟いた。

そして彼の口から全てを聞いたわたしはというと、今すぐにでも泣き出したくなっていた。

あの日のこと全てが、誤解だったのだ。過去にフィリップ様がわたしに対して素っ気ない態度だったことも、照れていたとかそういうものだったのではないかと、今ならわかる。

けれどそんなこと、当時のわたしが知るはずもない。だからこそ仕方ないとは思う、けれど。

「その後、フィリップ様に大嫌いって、言っちゃやって」

「うわあ」

「それからずっと、気まずくなっちゃって」

思い返せば、彼はわたしが大嫌いだと告げた後、「俺もだ」と言っていた。だからこそわたしは余計に勘違いしてしまったのだけれど、あれはどういう意味だったのだろうか。

「とにかくお前は悪くないんだし、あんまり気負うなよ。余計な心配をかけないようにと思って何も伝えていなかった、俺とフィリップが悪いんだからさ」

「でも……」

「この話を聞いた今、お前は大丈夫か？」

「……うん、大丈夫」

「良かった。じゃあとりあえず今は、間違いなく死にかけてるフィリップのフォローをしてやらないと」

レックスの言う通りだ。間違いなくフィリップ様は今、とてつもない罪悪感や自己嫌悪に苛まれているに違いない。

「なあ、もう記憶が戻ったフリをしてもいいんじゃない」

「えっ？」

「だってお前、もうフィリップのこと好きだろ？」

「……うん。好きだよ」

躊躇うことなく深く頷けば、彼は満足げに微笑んだ。

「記憶が戻ったフリをした上でお前が気持ちを伝えれば、フィリップだってすぐ蘇生するさ」

「…………」

レックスはそう言ったけれど、わたしは本当に記憶が戻ったふりをしていいものかと、悩み始めていた。

――だってわたしは、彼の沢山の嘘を知っている。

それなのにこれほどの嘘をついたわたしだけ、それを隠し通したままだなんて不公平だ。このままでは一生、わたしはこの嘘を引きずってしまう気がする。

「……ねえ、レックス。わたしの記憶喪失が全部嘘だって、婚約破棄のためについたって知ったら、フィリップ様は」

わたしのこと、嫌いになるかな。

そう、言いかけた時だった。


「今の言葉、しかと聞きましたわよ！」

突然、大きな音をたてて部屋のドアが開いて。

慌てて振り返った先はなんと、してやったりという表情を浮かべたナタリア様と、フィリップ様の姿があった。

あまりの予想外のことにわたしは息をするのも忘れ、石像のように固まってしまう。レックスも流石に驚いているらしく、ぽかんとした表情を浮かべていた。

――まさか今の言葉を、フィリップ様に聞かれてしまったのだろうか。記憶喪失の件を正直に話すにしても、こんな形などわたしは望んでいなかったというのに。

けれど非情にも、嫌な予想は的中していたらしい。やがて彼は、生きた心地がしていないわたしに言ったのだ。

「……最初から全部、嘘だったのか？」と。

すれ違いと本音と

動揺してしまったものの、こうなってしまってはもう正直に全てを話すしかない。その上できちんと謝り、フィリップ様に好きだと伝えようと決め、わたしはゆっくりと頷いた。

それと同時に、フィリップ様の瞳が大きく見開かれる。

「本当に、最初から……」

「こんな最低な嘘をついていて、ごめんなさい」

「…………っ」

彼は傷付いたような、この世の終わりのような表情を浮かべていて、胸が張り裂けそうになる。

最初はただ、お互いにとって不本意な婚約を破棄したかった、ただそれだけだったのに。

まさかフィリップ様がわたしのことをずっと好きだったなんて、知りもしなかった。そしてわたしが彼のことを好きになるなんてことも、想像すらしていなかったのだ。

ふらふらと何歩か後ずさったフィリップ様は、そのまま入り口近くに用意されていたテーブルへと向かった。

「フィル……？」

そして何故かフィリップ様はそこに置かれていた、大きな空のアイスペールを手に取って。

何故かそれを、頭に被った。

「…………」

「…………」

「…………」

突然の彼の奇行に、その場にいた全員が固まる。

今までもフィリップ様の不思議な行動には何度も驚かされてきたけれど、今回ばかりは本当に訳がわからなかった。

今この状況でアイスペールを頭に被る理由など、いくら考えても思いつかない。

あまりにも訳がわからなすぎる展開に、先程まで動揺していたわたしは、少しずつ冷静になっていくのを感じていた。

「なあ、フィリップ。なんでそれ、被った……？」

しばらくなんとも言えない緊張感が室内には漂っていたけれど、その張り詰めた空気を破ったのはやはりレックスで。

「……ヴィオラに、合わせる顔がない」

消え入りそうな声で紡がれたフィリップ様の答えは、まさかの斜め上過ぎるものだった。それに対してレックスは、物凄い勢いで吹き出している。

「お願いだから待って、ひっ……ど、どうしてそれでこうなんの？　俺、本当にフィリップのこと大好きでやばい」

堪えきれないという様子で、笑い続けるレックス。本当に彼のことが大好きならば、今はフォローに徹して欲しい。

確かにフィリップ様が今までついた嘘のことを思えば、落ち着いていられなくなる気持ちもわかる。わたしなら恥ずかしくて、死んでしまうかもしれない。それでも。

「フィリップ様、本当にごめんなさい。どうかお願いですから、わたしの話を聞いてくれませんか」

そう声をかけると、彼の身体がびくりと跳ねた。

その勢いで頭にぶつかったらしく、アイスペールの中ではボオン、という鈍い音が響いている。

「……もう、いいんだ。本当にすまなかった」

「違うんです、わたし、」

「短い間だったが、一生分の幸せな夢を見れた」

「フィ、フィリップ、悪いけどヴィオラはそっちじゃない」

アイスペールを被っているせいで方向感覚が失われているらしく、実はフィリップ様は誰もいない明後日の方向に向かって話し続けていた。

レックスは「わ、笑いたくないし助け船を出したいのに、い、息ができない」と言い、先程よりも苦しんでいる。

「君は優しいから、無理をしてこんなにも愚かで最低な俺に、合わせてくれていたんだろう。すまなかった」

「フィル、聞いてください！　わたしは、」

そんなわたしの声が届くことはなく、フィリップ様は「すまない」とだけ呟くと、アイスペールを脱いだ。そしてそれを抱えたまま、部屋を出て行ってしまう。

すぐに慌てて追いかけたものの、わたしが部屋を出た時にはもう、長い廊下にその姿は見えなくなっていて。

わたしはどうしようと一人、頭を抱えたのだった。

◇◇◇

一週間後、わたしはローレンソン公爵邸に向かう馬車に揺られていた。あれからフィリップ様とは一度も連絡が取れていない。手紙を書いたところで返事が来るはずもなく。

その結果、困ったわたしは彼の弟であるセドリック様に相談したところ、公爵邸に来るよう言われたのだ。

『フィリップも今は流石に恥ずかしいだろうけど、数日後には少しくらい落ち着いてるだろうし、大丈夫だって』

『…………』

『そもそもあいつは、言葉が足りなすぎるんだよ』

レックスはあの後、そう言って慰めてくれた。確かにフィリップ様は、言葉が足りなすぎる。ミラベル様のことだって一言、事前に言ってくれれば良かっただけなのだ。

けれどわたしも長い間、自分から彼に歩み寄る努力を怠っていたのは事実で。彼だけが悪い訳ではない。

ちなみに何が何だかわかっていない様子のナタリア様は、レックスに適当に言いくるめられ、呆然としたまま帰って行った。あの状況を見たら、誰でもそうなるとは思う。

「やあ、ヴィオラ。久しぶり」

「セドリック様、お久しぶりです。突然ごめんなさい」

「ううん。それより、兄さんがごめんね」

やがて公爵邸に着くと、すぐに応接間に通され、セドリック様と向かい合って座った。

アイスペール片手に自宅へ戻ったフィリップ様は、あれから一週間ずっと、部屋に引きこもっているのだという。食事にもあまり手をつけていないと聞き、心配になる。

「わたしの、せいなんです」

「僕は何も知らないけれど、それでもこうして話をしようとしているヴィオラから逃げている兄さんも、悪いと思う」

彼はそう言うと、深い溜め息をついた。

「セドリック様、ヴィオちゃんの散歩が終わりました」

そう言って現れたメイドの手のひらの上には、ちょこんとヴィオちゃんが乗っていた。他の人がヴィオちゃんと呼んでいるのを聞くと、なんだか落ち着かない気分になる。

「ありがとう」

「この後はどちらへ連れて行けばよろしいですか？」

「うーん、とりあえず今は俺が預かろうかな」

言われた通りにメイドはセドリック様の腕にそっとヴィオちゃんを放すと、彼女はぴょこんとそこに飛び乗った。

「ヴィオちゃん、こんにちは」

「モウ、オワリダ……」

「えっ」

「オワッタ……」

今日のヴィオちゃんは、そんなことばかりを呟いていて。心なしか、その表情まで暗いように見える。

「兄さんのせいで、ヴィオちゃんまでこんな調子だよ。あまり食事もとれていないらしいから、兄さんの元から離して俺が面倒を見てるんだ」

そんな話に、ずきりと胸が痛んだ。わたしのせいでヴィオちゃんまで辛い思いをしているのだ。

そっと彼女の色鮮やかな小さな身体を撫でれば、**「キエタイ……」**と呟かれてしまった。これら全てがフィリップ様の気持ちだと思うと、泣きたくなる。

「とにかくヴィオラが来ていることをもう一度伝えて、兄さんを呼んでくるから待っていて」

「……はい、ありがとうございます」

そう言うとセドリック様は今度はわたしの手のひらにヴィオちゃんを乗せ、応接間を出て行った。

ヴィオちゃんと二人きりになり、わたしは彼女の美しい毛並みを撫でながら「ごめんね」と呟く。

カバンから鳥用のおやつを出せば、少しだけ食べてくれてほっとする。

「……本当はね、少しだけ怖いの」

そして誰にも言っていなかった気持ちを、他人とは思えない彼女にだけ、吐露してみる。

フィリップ様に嫌われてしまっていたらと思うと、怖かった。あの場ではそんな雰囲気はなかったけれど、いざ冷静になって考えてみたら冷めた、という可能性だってある。

事故にかこつけてまで記憶喪失だという嘘をつくほど、婚約破棄をしたがっていたなんて知れば、誰だって傷付くに決まっているし、幻滅していたっておかしくはない。

……考えれば考えるほど、悪い方向に考えてしまう。昔からのわたしの悪い癖だ。

「無理をして合わせていただけなら、焼きもちなんて焼かないし、お揃いのネックレスなんて買う訳、ないのに……」

ぽた、ぽたりと、ドレスに染みができていく。フィリップ様は、何も分かっていない。

それと同時に、いつの間にかこんなにもフィリップ様に惹かれてしまっていたことを、苦しいくらいに実感していた。

そんなわたしを、ヴィオちゃんはつぶらな瞳でじっと見つめていたけれど。

「……ホントウニ、オレハドウシヨウモナイ」

再びそんなことをぽつりと呟いた。先程と変わらないネガティブな言葉に、やはり罪悪感が募る。

「ダメナンダ」

「…………」

「イママデダッテ、ナンドモ、ドリョクシタノニ」

「ヴィオ、ちゃん？」

努力とは一体、何の話だろうか。首を傾げているわたしに向かって、彼女は**「ヤッパリ」**と続けた。

「ヴィオラダケハ、アキラメラレソウニナイ」

そんな言葉に、視界が大きく揺れた。安堵すると同時に愛しさが込み上げてきて、やっぱり涙が出てしまう。

……何も分かっていなかったのは、わたしの方だ。

溢れてくる涙を何度も拭う。そしてわたしは小さく深呼吸をした後、立ち上がったのだった。

今までも、これからも

応接間を出て、すぐ近くにいたメイドにフィリップ様の部屋へと案内してもらい、歩いていく。

やがて辿り着いた彼の部屋の前にはセドリック様がいて、わたしを見るなり困ったような表情を浮かべた。

「待たせてごめんね。やっぱり駄目みたいだ」

彼は再び溜め息をつくと、肩を竦めた。

「……あの、セドリック様。申し訳ありませんが、しばらくこの場はわたし一人にして頂けませんか？」

「うん、わかったよ」

「ありがとうございます」

兄さんを頼むね、と微笑むと彼はヴィオちゃんを連れ、その場を後にした。セドリック様には改めてお礼をしなければと思いながら、わたしは一人ドアに向き直る。

「フィリップ様、ヴィオラです。突然訪ねて来てしまい、すみません。けれどどうしても、お話がしたくて」

「…………」

「少しの時間でいいので、会って頂けませんか」

それでもやはり、返事はない。

……先程のヴィオちゃんの言葉がなければ、ここで諦めて帰っていたに違いない。けれど、今は違う。

彼はまだ、わたしを好いてくれている。その事実がわたしを何よりも支えてくれていた。

「では、このままどうか聞いてください」

きっと彼は聞いてくれている。そう信じて、わたしはドアにそっと片手を添え、続けた。

「……子供の頃からずっと、フィリップ様は遠い存在だと思っていました。わたしには釣り合わない、完璧な人だと」

身分も容姿も、勉学だって何だって。何もかもが釣り合わない、なんでも完璧にこなしてしまう彼と、不器用なわたし。

そんな彼が生まれた時から一緒にいること、周りからもそう言われることで、つい自分と比較してしまっては卑屈になり、何度も何度も自己嫌悪に陥った。

「そんなフィリップ様はいつも素っ気ない態度で、その上本人の口からも、そんな言葉を聞いてしまったんです。だからこそずっと、わたしは嫌われていると思っていました」

そんな状況で結婚したところで、お互い幸せになんてなれるはずがない。彼にはもっと釣り合う人がいるだろうし、わたしもこれ以上、自分を嫌いにならなくて済む。

あの頃のわたしは、そう信じて疑わなかった。

「その結果、記憶喪失だなんて嘘をついてまで婚約破棄をしたいと思ったんです。それなのにあの日、フィリップ様が愛し合っていた、なんて嘘をつき始めた時には本当に驚きました。新手の嫌がらせかと思ったくらいです」

そんな突拍子もない嘘をつくくらいなのだ。彼からの愛の言葉だってなんだって、全て嘘だと思い込んでいた。

「けれどそれからのフィリップ様は、わたしが知っていたフィリップ様とは別人のようで……わたしも人のことは言えないけれど、とんでもない嘘ばかりつくし、想像もしないような変な行動ばかりで、本当に、もう訳がわからなくて、」

だんだんと、視界がぼやけていく。まだ泣くな、と必死に自分に言い聞かせる。

「本当のフィリップ様は、全然、完璧なんかじゃなかった」

デートで川に行ったり、変な本を読んでいたり。わたしの下手すぎる刺繍で恥ずかしくなるくらい喜んでくれたり、わたしに似たインコに、なんでも話していたり。突然、アイスペールを被ったり。今思い出してもおかしいことばかりだ。

それでも。

「けれどわたしは、そんなフィリップ様が好きなんです」

そんな彼を、わたしはいつの間にか好きになってしまったのだ。

ずっと側にいたいと、思ってしまった。

「っ優しくて一生懸命で、不器用だけどまっすぐなフィリップ様が、わたしは、大好きなんです」

瞳からは再び、涙が溢れていく。声が震え、言葉が途切れる。

それでもわたしはきつく手のひらを握り、続けた。

「これからは自分の意思で、フィルと呼びたいです。これからもフィリップ様の婚約者でいたい、です」

「フィリップ様と、ずっと一緒に、……っ」

そこまで言いかけたところで、不意にドアが開いて。そこに身体を預けていたわたしは突然前のめりになり、ぐらりとバランスを崩してしまう。

けれど身体が、倒れていくことはなくて。気が付けばわたしは、フィリップ様によってきつく抱きしめられていた。

「……すまない」

そう呟いた彼の声は、震えていて。大好きな体温に、匂いに、声に。余計に涙が溢れてくる。

「本当に、すまなかった」

「…………」

「俺のせいで君を泣かせて、傷付けて」

「フィリップ、様……」

「いくら謝っても、謝りきれない」

それからしばらく、抱きしめられていたけれど。やがて彼はそっと離れると、不安に揺れる瞳をわたしに向けた。

「ずっと避けていて、すまなかった」

「いえ、あんな嘘をついたわたしが悪いんです」

それでも彼は「俺が悪い」と言って聞かない。ここまでくればもう、お互い様な気がする。

「……君の言う通り、俺は完璧でもなければ、口下手なくせに嘘つきで、格好悪い男だと思う」

「はい、知っています」

そう答えれば、フィリップ様は困ったように笑って。そっと右手でわたしの頬に触れた。

「それでも、誰よりも君のことが好きな自信だけはある」

熱を帯びた瞳が、まっすぐわたしを捉えている。

生まれた時からずっと側にいたというのに、今初めて、わたしは彼とちゃんと向き合えた気がしていた。

「もう君に、嘘はつかないと誓う。……こんな俺でも、これからも君の側にいてもいいだろうか」

「わたしも二度と、嘘はつきません」

そして「ずっと、一緒にいてください」と伝えれば、彼は戸惑ったような表情を浮かべて。やがて五分ほど謎の沈黙が続いた後、フィリップ様は躊躇いつつ、口を開いた。

「その、君は、俺のことが好き、なのか」

「はい」

「…………本当に？」

「はい、大好きです」

即答すれば、フィリップ様はずるずるとしゃがみ込み、両手で口元を手で覆うと「はー……」と長い溜め息をついた。

その顔も耳も、驚くほど真っ赤で。わたしはそんな彼に合わせるように、しゃがみ込む。そんな姿も可愛く、何よりも愛しく見えてしまうのだから、恋というものは恐ろしい。

「……言葉が、何も出てこない」

「こういう時くらい、何か言ってください」

「今なら、死んでもいい」

「だめです」

だんだんと、その表情は今にも泣き出しそうなものへと変わっていく。今度はわたしが、そんな彼の頬にそっと触れてみる。すると金色の瞳からは一粒、涙がこぼれ落ちて。

「……本当に、ずっと、君が好きだったんだ」

そう呟いた後、ぽすりとわたしの肩に顔を埋めたフィリップ様を抱きしめながら、わたしは過去の自分が報われていくような、そんな気がしていた。

嘘から本当へ

「本当に、フィルは言葉が足りなすぎます」

「……すまない」

あれからしばらくして、落ち着いたわたし達はソファに並んで座り、沢山の話をした。そしてどれほどお互いが思い違いをし、すれ違っていたかを今になって知ることになった。

ちなみにわたしが大嫌いだと言った後の『俺も嫌いだ』という言葉は、自身が嫌いだという意味だったらしい。そんなもの、超能力者でもなければ分かるはずがない。

「子供の頃から、君を前にすると頭が真っ白になって、言葉が何も出てこなくなるんだ」

「それでも、言葉にしてくれないとわかりません」

「ああ、本当にすまなかった。……だからこそ、こんな俺なんて嫌われて当然だと思っていた。それでも君に大嫌いだと言われた後は、二週間以上寝込んだ」

知らなかったとは言え、流石に罪悪感が募る。けれどやっぱり、一言くらい言って欲しかった。

「一生をかけて償っていくから、許して欲しい」

「いえ、そこまで重く考えて頂かなくても……あ、そういえば、あの日言っていた『俺のことが大好きで、顔が見られるだけで幸せ』みたいなのは何だったんですか？」

「……あれは、その、俺自身の気持ちだった」

まさかの自己紹介だったらしい。

「わたしが他の男性と話すだけで、嫉妬していたんですか」

「ああ。君はシリルのことが好きなのかと思っていた」

「だから、わたしがシリル様のことを嫌っていたなんて嘘をついたんですか？」

「……………………すまない」

フィリップ様は、今にも消え入りそうな声でそう言うと、両手で顔を覆った。

これ以上彼の嘘を掘り返せば、彼はまた、何故か窓際に置いてあるアイスペールを被ってしまうかもしれない。

そんなことを想像し、思わず笑みがこぼれたわたしを、彼は不思議そうな表情で見つめている。

「フィル、大好きです」

「……俺も、どうしていいかわからないくらい、好きだ」

そしてやっぱり泣きそうな顔をした彼が、何よりも愛しくて。これからもずっと、側にいたいと思った。

◇◇◇

「いい天気ですね」

「ああ。後で庭に出てみようか」

「はい。ヴィオちゃんも誘ってみましょう」

わたしは笑顔を浮かべると、公爵邸の窓の外の景色から目の前に座る大好きな彼へと、視線を移した。

フィルに想いを告げてから、二週間が経った。

……あの後、両親やジェイミー、セドリック様には嘘をついていたことを話し、謝罪した。

けれど誰一人怒ることはなく、フィルとの誤解が解けたことを喜んでくれて。こんなにも優しくて大切な人達に、二度と嘘をつかないことをわたしは改めて誓った。

それ以外の人々には、無事に記憶が戻ったと伝えてある。

事実を知っているナタリア様には全てを話したところ「ああそう。私はね、ウジウジしていなければ、貴女のことは嫌いじゃないのよ！」なんて言い、黙っていてくれるそうだ。

「来週、良ければ一緒に食事に行きませんか？　行きたいお店があるんです」

「もちろん、俺で良ければ」

「フィルがいいんです。……あの、何をしているんですか？」

彼は何故か困惑したような表情を浮かべ、自身の頬をつねっていたのだ。

「幸せすぎて、これが現実だなんて信じられない」

「もう、綺麗な顔が台無しになりますよ」

テーブルの上から手を伸ばし、そんな彼の手をそっと摑む。そのまま指を絡ませて繋いでみれば、フィルは赤くなっていた頬を更に赤く染めた。

「全て現実ですから、安心してください」

「……未だに、君が俺を好いてくれていることすら、信じられない時があるんだ」

「もう」

あれから何度も好きだと伝えているにもかかわらず、彼は未だにそんなことを言っていて。思わず、笑ってしまう。

「わたしがどれくらいフィルのことを好きなのか、まだ伝わっていないんですね」

「どれくらいなんだ？」

「知りたいですか？」

「ああ」

どうやら本気で知りたいらしく、フィルはひどく真剣な表情でわたしを見つめている。

……お互いに言葉が足りないせいで、わたし達は長い間ずっとすれ違ってきたのだ。これからは素直な気持ちを、何度だって伝えていこうと思う。

そしてわたしは、愛しい彼に向かってとびきりの笑顔を向け、言ってのけた。

「ベタ惚れですよ」

ゆっくりと、一歩ずつ

「で、フィリップとどこまでいったの？」

「……久しぶりに会って、いきなりそれってどうなの」

ある日の昼下がり。いつものように突然我がウェズリー子爵邸へとやってきたレックスは、まるで実家にいるような顔をして、わたしの部屋のソファに腰掛けていた。

そしていきなり、そんな質問をぶつけてきたのだ。デリカシーがないにも程がある。

「ま、お前らのことだから、何もないのが分かってて聞いてるんだけどね」

「悪趣味」

「よく言われる」

「でしょうね」

彼は無駄に爽やかな笑みを浮かべると、テーブルの上のティーカップを手に取った。目の前の男が、今一番社交界で女性に人気だと言われているのが心底信じられない。

——フィルと想いを通わせてから、二ヶ月が経った。以前よりも彼と会う頻度は増えたものの、レックスの言うような変化はもちろんないままで。とても健全なお付き合いをしている。

街中に出かけたり、一緒に知人が主催するパーティーに参加したり。思いの外楽しかった釣りに再び行ったりもした。

相変わらず様子がおかしいことも多々あるけれど、そんな彼が好きだと心の中で思いつつ、平和で幸せな日々を送っていた。

「先週、フィリップと会ったんだよね。で、二人で食事をしながら色々と話したんだけどさ」

「そう言えば、そんなことを言っていたかも」

先日彼から届いた手紙に、近々レックスと食事に行くと書いてあった記憶がある。ちなみに彼からの手紙はこちらが送った分の五倍くらいの分量で返ってくるため、毎回返事に困っていた。

とは言え、その手紙を毎日のように読み返しているだなんて口が裂けても言えないけれど。

「フィリップ、相変わらず幸せそうだったよ。ヴィオラが可愛いって言いすぎて、もはや語尾みたいになってたし」

「……そう」

「愛されてるね、ヴィオちゃん」

「それは、すごく嬉しい」

「うんうん」

わたし本人に対しても、彼はいつも「可愛い」と言ってくれる。それがとても嬉しくて、これからもそう言ってもらえるよう、以前よりも身だしなみに気を遣うようになっていた。

満足げに微笑んだレックスは「そうそう、それでさ」と続けた。

「ヴィオラとどこまでいったの？　って聞いたら、あいつなんて答えたと思う？」

「フィルにもそんなことを聞いたの？　やめてよね」

「大丈夫、怒ることなんて一つもないから」

そんなことを言うと、レックスはもう堪えきれないといった様子で笑い出して。嫌な予感しかせず、わたしは目の前の男を冷ややかに見つめた。

「どこまでいったの？　の答えが、と、隣町だってさ、あははは！　だめだ、思い出しただけでも腹痛い……俺、やっぱりフィリップが大好きすぎる」

「…………」

「もう少し遠出してやりなよ、ひっ……あはは！」

わたしは思い出し笑いし続けるレックスを無視すると、彼がお土産として持ってきてくれた大好きなケーキに手を付けた。

……フィルのことだ、正直的外れな答えが返ってきたであろうことは簡単に想像がついていた。

彼の恋愛に関する疎さは異常だ。「私だけの王子様♡」を全巻読破しておきながらどうしてなのだろうかと、時々少し腹立たしさすら感じるくらいで。

お互いに好きだと伝えあってからも、甘い雰囲気になることは少ない。何度か抱きしめられただけで、それ以上のことももちろん何もない。

わたしが記憶喪失のふりをしていた時の方が、彼は積極的だったように思う。

『フィリップ様もきっとヴィオラから好かれるなんて思っていなかったから、戸惑っているんでしょうね。可愛いじゃない』

先日、友人であるジェイミーと話をした時には、そんなことを言われた。片想いの期間があまりにも長すぎて、わたしからの好意に戸惑っているのだろうと。

フィルのことは大好きだ。だからこそ、わたしだってもう少しだけ彼と近づきたいと思うことはある。けれどそんなことを口に出すのは恥ずかしい上に、余計に彼を動揺させてしまうと分かっているから、態度にも言葉にも出さないようにしていた。

わたし達には、沢山時間があるのだ。彼のペースに合わせて、ゆっくりと進んでいけばいい。

そんなことを考えていると、レックスは不意に形の良い唇で美しい弧を描いた。その様子にはやはり、嫌な予感しかしない。

「でもフィリップのこと、つついておいたから安心して」

「……なんて？」

「だから、フィリップに少しだけアドバイスしてあげたんだよね。次に会った時には、少しは男を見せてくれると思うよ」

「また余計なことを……」

「酷いなあ、二人のためを思ってるのに」

もちろん彼に、わたし達のことを純粋に応援してくれている気持ちがあることも知っている。とは言え、面白がっている気持ちがあることも分かっていた。むしろ今回に限っては、そちらが大半だろう。

「ってことで、しっかり全部報告してね。お願い」

なんて言うレックスに呆れつつ、わたしは再び深い溜め息をついたのだった。

◇◇◇

「や、やあ、ヴィオラ」

「ごきげんよう……？」

それから数日後。ローレンソン公爵邸を訪れた私は、いきなり様子のおかしいフィルに出迎えられた。彼がこんな風に挨拶をするのは、初めて聞いた気がする。

「フィルが好きだと言っていたお菓子、作ってきたんです。料理長と何度も練習して味見もしたので、大丈夫かと思います」

実は最近、彼の喜ぶ顔が見たくてお菓子作りや刺繍の練習も頑張っているのだ。とは言え、どんな失敗作でも彼は喜んではくれるのだけれど。

「ありがとう。本当に嬉しい。家宝にする」

「今日中に食べてください」

そんな会話をしながら、いつも通り彼の部屋へと歩いていく。

中へと案内されソファに腰掛けると、すぐにメイドたちがお茶の支度を始めた。わたしが作ってきた歪な形のお菓子もまた、素敵なお皿に丁寧に並べてくれている。

見た目は相変わらず良くないけれど、味は間違いなく普通だ。むしろ、なかなかに美味しい。豚の餌扱いするジェイミーにも是非、食べさせてあげたいくらいだ。

けれどお茶の準備が終わると同時に、フィルは急用ができたようで呼ばれてしまった。

「すまない、少し待っていて欲しい。好きに過ごしていてくれ」

「わかりました」

彼を見送ると、わたしはすぐに立ち上がりヴィオちゃんの元へと向かった。実は、ヴィオちゃん用のお菓子も持ってきていたのだ。

けれど大きく豪華な鳥籠の中を覗くと、彼女はお昼寝中のようで不思議な体勢で目を閉じ、眠っていた。ヴィオちゃんとのお喋りも楽しみにしていたのだけれど、仕方ない。

起きた後に、相手をしてもらおう。しばらく可愛らしいその姿を眺めた後、ソファへと戻ろうとしたわたしはふと足を止めた。

「あれ？」

以前つい見てしまった、本棚の一番下にある布で覆われた見てはいけない本たちの部分が、なんと露になっていたのだ。どうやら布を掛け忘れたらしい。

いけないと思いつつも視線を逸らせずにいると、一冊見覚えのない新たな本が仲間入りしていることに気が付いた。

「……交際、大全」

なんともシンプルで怪しいタイトルだ。

やはり付箋が付いており読み込まれた形跡のあるそれを、そっと手に取ってみる。ぱらぱらと捲ってみると、思ったよりも普通の内容だった。

女性はどんな言葉をかけると喜ぶだとか、デートスポットのお勧めだとか。あまりにもベタすぎて突っ込みたくなるような部分もあったけれど、こういった本を読むのは初めてで興味深くついつい読み進めてしまう。

そしてやがて、謎の年表のようなものが出てきた。どうやら書き込むタイプのものらしく、見覚えのある文字が並んでいる。相変わらず妙に真面目だと思いながら、文字に目を滑らせていく。

「ええ……」

なんとこの表は、交際期間と進度についてのものだったらしい。彼も予想外だったのか、キスまで平均一ヶ月という統計のあたりで文字は途切れ、そのページだけやけにぐしゃりとシワが寄っていた。この部分を読んで動揺したらしいのが、はっきりと見て取れる。

やはり見てはいけなかったと思いつつ、わたしはそっと本を閉じると元の場所に戻した。

レックスに何か言われたらしいことやこの本を読んだことが原因で、彼の様子がおかしかったのだろう。

けれど彼なりにわたしとのことを色々と考え、悩んでくれているのだと思うと嬉しくもあった。

「すまない、待たせた」

「いえ、大丈夫です」

そんな中、急いで戻ってきてくれたらしいフィルはわたしの隣に腰掛けた。いつもよりも少しだけ距離があるように見えるのは、気のせいではないだろう。

「ヴィオちゃんの寝顔は初めて見ましたが、とても可愛らしいですね」

「ああ」

その後はやはり少しだけ挙動不審な彼と当たり障りのない会話をした後、レックスに何を言われたのか気になったわたしは、さりげなくその話題へと持っていくことにした。

「そう言えば、レックスと食事に行ったと聞きました。どこのお店に行ったんですか？」

「レックスの知人が経営している店だ。夜景も綺麗で、料理の味も良かった」

「素敵なお店ですね」

「今度、一緒に行こうか」

「はい、ぜひ。楽しみにしています」

「ああ。それにレックスも、こういう場所で……」

そこまで言うとフィルは突然口を噤み、片手で口元を覆った。その顔は何故か、耳まで赤いように見える。

「……フィル？」

一体どうしたのかと思い顔を覗き込めば、彼は慌ててわたしから離れようとして。その結果バランスを見事に崩し、なんとわたしの上に覆い被さるような形になってしまった。

「…………」

「…………」

鼻先が触れそうな距離に、フィルの整いすぎた顔がある。なんてベタな展開なんだと思いつつも、心臓は大きな音をたて、早鐘を打っていく。

――この流れは、もしかすると、もしかするかもしれない。

そう思ったのも束の間、彼は飛び退くように後ろに下がった。

「ム、ムードが」

「……はい？」

「最初は、ムードが大切だと聞いた」

「…………？」

一体、何の話だろうと思ったけれど、数拍の後に察してしまった。ムード云々についても、大方レックスに言われたのだろう。そしてそれを素直にわたしに言うあたりが、何とも彼らしい。

何とも言えない気まずさが流れ、だんだんと羞恥で顔が熱くなっていく。改めて意識すると、わたしもやはりドキドキしてしまう。

懐かしさすら覚えるような長い沈黙が続いた後、先に口を開いたのは彼の方だった。

「……来週末、会えるだろうか」

「は、はい」

「その時に、やり直させて欲しい」

わたしの知る限りでは、初めてといえどこうして予告してするようなものではない。けれど、そんなことを彼は真剣な表情で言うものだから。

わたしも思わず、こくりと頷いてしまったのだった。

◇◇◇

そして、彼の言う「やり直す」ことになった当日。予定ではカフェで待ち合わせた後、二人でオペラを見に行くことになっている。こうして二人で何かを見に行くのは、例の舞台以来だ。

色々と考えすぎた結果、昨晩は緊張して目が冴えてしまいあまり眠れなかったのは、わたしだけではないと思いたい。

寝不足バレバレの顔は、有能な侍女達によって化粧でしっかりと誤魔化してもらえて安堵した。

そしてつい、いつもより気合を入れて身支度をしてしまったわたしがいる。

やがて馬車に乗り込み待ち合わせ場所であるカフェに向かうと、ガラス越しに窓際のテーブル席に座るフィルの姿が見えた。外は雨の中、頬杖をつき物憂げな表情で遠くを見つめているその様子は、まるで一枚の絵画のようだ。

そんな彼は、店内にいる女性達や、店の前を通る人々の視線をかっさらっていた。黙っていれば本当に、彼は王子様そのものなのだ。黙ってさえいれば。

「こんにちは、お待たせしましたか？」

わたしは小さく深呼吸をして店内に入り、まっすぐに彼の元へと行き声をかける。するとフィルは思いきりびくりと肩を震わせた後、ぎこちない笑みを浮かべた。

「いや、待っていない。その、いい天気だな」

「土砂降りですが、雨がお好きなんですか？」

「……そうだったかもしれない」

「…………」

この調子で今日一日、本当に大丈夫だろうか。心配になりながらも、わたしはテーブルを挟んだ彼の向かいに腰を下ろした。

「こちらのお店は、よく来られるんですか？」

初めて来たけれど、とてもお洒落で雰囲気の良い素敵なお店だ。メニューも豊富で、美味しそうなお茶やケーキの名称がずらりと並んでいる。

「来るのは二回目だ。先日、夜会で君の友人に偶然会った際にここを勧められて、一度下見に来た。ヴィオラが好きそうだと言っていたから」

「そうだったんですね」

友人というのはきっと、ジェイミーのことだろう。そんな友人の助言を聞き、わざわざ下見にまで来てくれたことが何よりも嬉しい。

彼のこういうところが、わたしは大好きだった。

「ありがとうございます。とても嬉しいです。それに、このお店も気に入りました」

「……良かった」

ほっと安堵したように小さく口角を上げる彼に、胸が締め付けられる。フィルはいつだってわたしのために一生懸命で、優しくて甘い。

ただ、時々その方向を間違えたり、空回ったりもするけれど。そんなところも含めて、やっぱり彼が好きだと思ってしまう。

「これがお勧めだと聞いた。それと、これも美味しかったように思う」

「ふふ、じゃあ飲み物もケーキも、フィルのお勧めにします」

そう伝えれば彼は嬉しそうな、照れたような表情を浮かべたのだった。

◇◇◇

「素敵な席ですね……！」

やがてオペラの開演時間が迫り、私達は劇場へと移動した。そして案内されたのは、一体いくらするのか想像するだけで恐ろしくなるような、最上位の席だった。

演目も、過去に原作を読んだことのある大好きなもので。もしかすると、それを知った上で選んでくれたのかもしれないと思ってしまう。

座り心地のよい椅子に並んで座ってみると、驚くほどに舞台がはっきりとよく見える。その上個室のようになっていて、周りとはお互いに見えないようになっていた。

ここから見るオペラはどれだけ素敵なのだろうと、想像しただけで胸が弾んだ。

「本当にありがとうございます、とても楽しみです」

「そうか」

柔らかく瞳を細める姿に、どきりとしてしまう。先程もここまで案内してくれた女性が、何度も彼に見惚れていたことにも気が付いていた。フィルは全く気が付いていないようだったけれど。

――フィルを好きだと自覚してからというもの、時折少しの不安を覚えるようになった。

もちろん、彼がわたしをとても好いてくれていることは分かっている。けれどフィリップ・ローレンソンという人を知れば知るほど、彼に惹かれる女性は尽きないだろうと思い、心配になってしまうのだ。

以前ジェイミーにそのことを話したところ、ヴィオラも恋をしてるのねと嬉しそうに微笑んでいて。誰かを好きになることで、こんな気持ちになるなんてわたしは知らなかった。

「……好きです」

そんなことを考えているとふと、伝えたくなってしまって。すると隣に座っていたフィルは、ひどく驚いたように瞳を見開いた。

その顔は薄暗くなり始めた劇場内でもはっきりとわかるくらい、真っ赤になっていく。

「俺の方が、絶対に好きだ」

ぎゅっと手を握られ、返ってきたその言葉に思わず笑みが溢れた。本当に、幸せだと思う。同時に一気に辺りは暗くなり、間もなく始まるらしいことが分かった。

わたしはそんな彼の手を握り返すと、早鐘を打っていく心臓の鼓動を感じながら、舞台へと視線を向けたのだった。

◇◇◇

「とても素敵でしたね」

「…………ああ」

オペラを見終えたわたし達は劇場を出て馬車に乗り込み、そのまま我が家への帰路についていた。

別に良い。一日中いつキスされるのだろうとずっと意識していたことも、しっかり期待してしまっていたことも、別に良い。

なんて自分に言い聞かせていたけれど、やっぱりもやもやしてしまう。

――やり直すって、言ったくせに。

ムードが大切だと言うのならばどう考えても、素晴らしい愛の話がテーマだったオペラが終わり、明かりがつくまでの間にするべきだったのではないだろうか。

こんな馬車の中では、彼の言うムードも何もないのだから。

「…………」

「…………」

けれどもしかすると、向かいでひどく暗い表情を浮かべている彼も、そう思っていたのかもしれない。フィルはキノコでも生えそうなくらい、じめじめとした空気を纏っている。

間違いなく、何かを失敗したような様子で。

ウェズリー子爵邸に到着するまで、あと二十分ほど。今日はこのまま無言で終わってしまうのだろうかと、思っていた時だった。

「……すまない」

「えっ？」

「本当に、格好悪い男ですまない」

突然謝罪の言葉を呟いた彼は、長い睫毛を伏せた。

「レックスに勧められた通り、オペラが終わった後に、その、しようと思っていたんだ」

やはり、予想した通りだったらしい。舞台やオペラの暗闇を利用する男女も、少なくないとは聞いている。そこまでレックスの入れ知恵だったとは思わなかったけれど。

「けれど君の横顔があまりにも綺麗で、見惚れているうちに明かりがついてしまっていた」

「……ふふ、なんですか、それ」

そんなどうしようもない話をひどく深刻な表情で言う上に、顔が良すぎるあまりその様子すら、絵になってしまっているものだから。思わずわたしは笑い出してしまった。

お互いにもう、嘘はつかないと約束しているのだ。彼の言っていることは本当なのだろう。先程まで抱いていた拗ねたような気持ちも、一瞬にして吹き飛んでしまった。

「……ムードを気にするなんて、わたしは一言も言っていませんよ。どんな場所であろうと、どんな時であろうと、その、嬉しいです」

こんなことを言うのは恥ずかしかったけれど、フィルだって頑張ってくれていたのだ。

それにジェイミーが言っていた通り、彼はきっと一杯一杯なのだろう。わたしだって、少しは頑張るべきだと思った。

「……そちらに行って、良いだろうか」

「はい」

すぐに頷けば、彼はわたしの隣へと移動し小さく息を吐いた。

「ヴィオラ」

ひどく優しい声で、名前を呼ばれる。熱を帯び、溶け出しそうな金色の瞳と視線が絡む。

つい先程まで、この世の終わりのような顔をしていた人とは思えないくらい、目の前の人は綺麗で、幸せそうな顔をしていた。

「好きだ」

「……わたしも、フィルが好きです」

やがてそっと重なった唇から、泣きたくなるような幸福感が全身に広がっていくのを感じていた。

◇◇◇

「結局、馬車の中でしたんだってね」

「すまない。折角相談に乗ってくれたのに」

先日の話を早速ヴィオラから聞いたらしいレックスは俺の部屋のソファに腰掛け、ヴィオを肩に乗せて笑っている。ヴィオは彼のことが好きらしく、嬉しそうにしている。

今回もレックスは色々と相談に乗ってくれ、オペラの席まで取ってくれたというのに、その気遣いを全て無駄にしてしまい申し訳なくなる。

けれど彼は気にするな、良かったと言ってくれた。相変わらず頼りになる、優しい友人だ。

「でもフィリップも頑張ったじゃん。ヴィオラも喜んでたよ」

「本当に？」

「うん。嬉しかったってさ」

「……良かった」

あの後、ヴィオラは真っ赤な顔で「嬉しいです」と微笑んでくれて。あまりにもその姿が可愛くて再び唇を塞げば、最初からこれくらい積極的だったら良かったのにと笑われてしまった。

そんな出来事を数ヶ月前の俺に話したところで、絶対に信じないだろう。いよいよヴィオラへの想いを拗らせすぎて、妄想と現実の区別がつかなくなったと思うに違いない。

それくらい、彼女が自分のことを好いてくれている今が奇跡のようで、幸せで仕方なかった。

「ヴィオラも、なんだかんだフィリップのこと大好きだからな。妬いちゃうよ」

「お前は昔からヴィオラを可愛がっていたからな」

「可愛すぎて、ついいじめちゃうんだけどね」

レックスは悪戯っ子のような笑みを浮かべると、ヴィオに「ねー」なんて声をかけている。

「ま、可愛い従姉妹《いとこ》をこれからも大切にしてやって」

「ああ」

これからもずっと、何よりも大切にする。彼女は今も昔も、俺にとっての全てだった。

「でさ、フィリップ」

「なんだ」

「その先については知ってる？」

「…………？」

いつからか、いつだって

とある日の昼下がり。いつものようにローレンソン公爵邸のフィルの部屋で過ごしていると、突然バアンと大きな音をたてて部屋のドアが開いた。

一体何事かと視線を向けるとそこには、見覚えのある二人組が立っていた。

「……レイ、アメリア」

真っ赤な髪をした双子である彼らは、フィルの従兄妹《いとこ》だ。

わたし達の三つ下の十五歳で離れた領地に住んでいる彼らと会うのは、半年ぶりくらいだろうか。

特に兄であるレイは、最後に会った時よりもぐんと身長が伸びたように見える。

子供の頃にはよく顔を合わせていたけれど、お互い学生になってからはかなり頻度が減っていた。

「ヴィオラ、会いたかった！」

兄であるレイはまっすぐにこちらへと駆けてくると、ぎゅっとわたしに抱きついた。彼は昔から、わたしにとても懐いてくれているのだ。

「久しぶりね。元気そうで良かった」

「ヴィオラこそ、相変わらずキレイだね」

「あら、そんな言葉どこで覚えたの」

そんなやりとりをしていると、向かいから刺さるような視線を感じて。そちらを見れば、フィルが拗ねたような顔をしてこちらを見ていることに気が付いた。

「ヴィオラから離れろ」

「えっ、何？　その婚約者顔」

「正真正銘、婚約者だ」

そう言い切った彼に、二人は驚いたような様子を見せた。二人は過去のわたし達しか知らないのだ、当然の反応だろう。

どうやら彼らは近くに用事があったらしく、ついでに公爵邸に立ち寄ったのだという。

「それにしても、フィリップとヴィオラが一緒に読書なんて珍しいわね。ていうか何？　この変な本。あ、私達の分もお茶を用意してちょうだい」

アメリアは近くにいたメイドにそう声をかけると、我が家のような顔でフィルの隣に腰掛けた。

ちなみに彼女が今変な本と言ったのは、「貴方だけのお姫様♡」という「私だけの王子様♡」の新作スピンオフだ。お茶の前に、そこだけはしっかりと訂正させた。

◇◇◇

　それからは双子とむすっとしたフィルと四人でテーブルを囲み、お茶をすることになった。

　当たり前のように言葉を交わすわたし達を見て、やはり二人は信じられないものを見るような視線を向けてくる。

「二人とも前はなんにも喋らなかったのに、一体どういう風の吹き回しなの？」

　フィルとの無言地獄が辛すぎた当時は、彼らが一緒だと気まずい空気にならなくて済むと、安堵すらしていた記憶がある。あの頃はわたしとレイとアメリアが三人でお喋りをして、それをフィルが無言で眺めているという妙な空間だった。

「二人ともっていうより、フィリップが無口だったよね。ああ、とかうん、とか言わないし。いつもヴィオラが可哀想だと思ってた」

「ね。私だったら耐えられないもの。私がヴィオラの立場だったら、お父様にお願いして婚約破棄を申し出るレベルだったわ」

「だよねえ」

「…………」

　そんな二人の容赦ない言葉に、フィルの顔色は見るからに悪くなっていく。当時は確かに辛かったけれど、今はもう気にしていない。それに、彼一人だけが悪い訳でもないのだ。

「その、少しだけ喧嘩……でもないけれど、お互いに勘違いをしていただけなの。もう解決したし、今はとても仲良しよ」

「そうなんだ。良かったね。いつもフィリップに気を遣って無理に笑顔を浮かべているヴィオラ、見ていて痛々しかったもん」

「ね。私達が来ると、見るからにほっとした顔するの。可哀想だったわ」

「…………」

フォローを入れたものの、止まらない容赦のない二人の言葉に、フィルの顔色は更に悪くなっていく。時折、形のいい唇からは「本当にすまない」「俺は最低だ」などという言葉が漏れていく。

「あの、本当に私は大丈夫ですから、気にしないでくださいね」

「……すまない」

それからは、記憶喪失の嘘なんかについては伏せたものの、お互い想い合っていることも伝えた。

わたしが彼のことを好いているということに対しても、二人は信じられないという様子だった。

「ヴィオラがフィリップのこと、好きになるとは思わなかったな」

「ね。いつも関わりたくないって顔していたし」

「…………」

そんなことを言ってのけた二人は完全にへこんでいるフィルを見た後、おかしそうに顔を見合わせた。この双子、フィルに対して昔から意地悪なのだ。

「でも、へたれフィリップもちゃんと告白できたんだね。偉いじゃん」

「えっ？」

そんなレイの言葉に、わたしは首を傾げた。

「フィルの気持ち、知っていたの？」

「あんなの、誰が見てもわかるわよ。誰といたって、どこにいたって、ヴィオラのことだけをずっと見ているんだもの」

「……そうなの？」

そんなアメリアの言葉を受けフィルへと視線を向けると、彼は照れたような表情を浮かべていた。

「何より、インコがやばかったよね」

「あれ、一週間は笑ったよね」

なんと二人は、ヴィオちゃんの存在も知っていたらしい。過去、勝手に屋敷内を彷徨《うろつ》いていた時に、偶然遭遇したんだとか。

「ヴィオラだけが知らない話、沢山あるよ」

「ね。もう両想いになったことだし、話してもいいよね？」

「頼むから待ってくれ」

すかさずそう言ったフィルを無視し、二人は続けた。

彼には申し訳ないけれど、とても気になってしまう。

「僕の好きな話はね、誕生日の話かな。フィリップって子供の頃から毎年、ヴィオラの誕生日プレゼントをひたすら悩んでは買うくせに、一度も渡せていなかったんだよ」

「えっ？」

そんな話、初耳だ。彼にきちんとプレゼントを貰ったのは、先日のドレスやアクセサリーが初めてだったのだ。

「あ、その反応を見る限り、まだ渡せてなかったんだね」

「……頼むからもう、それ以上言わないでくれ」

「その辺の部屋に確か全部あるはずだから、後で見ておいでよ」

子供の頃から探検好きなだけあって、彼らはわたし以上にこの屋敷についても詳しいようだった。

それにしても、そのプレゼントの山というのはとても気になる。彼が毎年、わたしのために選んでくれた物たちをぜひ見てみたかった。

「見てみたいです」

「だが、流石にあれは……」

「フィル、お願いします」

「……分かった」

そんなわたし達のやりとりを見て、レイは「うんうん」と満足げに頷いている。

すると今度は、アメリアがティーカップをことりと置き口を開いた。

「私が好きなのは、花壇の話ね。いつだったか、子供の頃にヴィオラが絵本を見て『このお花きれい、見てみたいな』って言ったの。そうしたら、フィリップったら翌日にはその花の種を用意して、庭師に教えてもらいながら育て始めたのよ」

「えっ」

「そんなもの、庭師にやらせればいいじゃないって言ったけど、自分でやりたいって聞かなくて。結局、育てるのが難しい花だったせいか三年くらいかかったんじゃなかったかしら」

「……もしかして、あの紺色の花？」

「そうそう、そんな感じの」

それなら、確かに記憶がある。ある日公爵邸の庭園の一番目立つ位置に、見覚えのない花が咲いているのを見つけたわたしは思わず足を止めた。

そして「このお花、とても綺麗ですね」と声をかけると普段無表情だった彼が、珍しく嬉しそうに微笑んだのがとても印象的で、覚えていたのだ。まさかそれをフィルが育てていたなんて、想像もしていなかった。

「頼むから、本当にもう何も言わないでくれ」

「ごめんなさい、わたしはもっと聞きたいです」

「うん、いいよ。まだまだあるから」

「…………」

それからも二人の話は尽きることなく続いていき、話し終えた頃にはもう、フィルは両手で顔を覆っていた。髪の隙間から見える耳まで真っ赤だ。

一方で、わたしはこんなにも彼に愛されていたのだと知り、じわじわと胸の奥が温かくなっていくのを感じていた。

「さて、それじゃあ僕らはそろそろ帰るよ。沢山フィリップをいじめて楽しかったね」

「うん、面白かった」

「二度と来るな」

二人は満足げな様子だったけれど、フィルはひどく疲れ切った様子だった。

「でもまあ、二人が幸せそうで良かったよね」

「ね。結婚式が楽しみ」

「ありがとう」

「フィリップはヘタレだけどいい奴だし、誰よりもヴィオラのことが好きだからさ。頼むね」

「ふふ、分かった」

意地悪な態度ではあるものの、二人がフィルのことを好いていることも大切に思っているであろうことも、わたしは知っている。

「でもフィリップは今までの分も、もっとヴィオラに尽くすべきよ。沢山プレゼントでもして貢ぎなさい。ついでに私にも。マダム・リコの新作ドレス、公爵家の力で押さえておいて」

「………考えておく」

そうして嵐のような二人は、あっという間に去って行ったのだった。

◇◇◇

再び二人きりになったわたし達の間には、何とも言えない空気が流れていた。フィルは未だに、こちらを見ようとしない。

あれだけ色々とバラされてしまっては、間違いなく恥ずかしいだろう。

「フィル、色々と聞いてごめんなさい。けれど、本当に嬉しかったです」

「……引いたりは、していないだろうか」

「はい。むしろもっと好きになりました」

そう答えれば、彼はようやく顔を上げた。まだほんのりと赤い頬に、思わず笑みが溢れる。

「過去のフィルが、そんなにもわたしを思ってくれていたと知ることができて、嬉しかったです。気が付けなくて、ごめんなさい」

もちろん、彼の態度にも問題があったのは事実だけれど。わたし自身フィルに対してかなりの引け目があったせいで、彼と向き合おうともせず、目を逸らしていたのだ。

「あの、先程言っていた誕生日プレゼントを見せて頂いても？」

そう尋ねると彼は困ったような表情を浮かべたものの、やがて頷いてくれた。

「……その、思っていた以上に、すごい量ですね」

彼に案内してもらった部屋には、丁寧に包装された大量の箱が積み重なっていた。どうやら一つ二つではない年もあったようで、下手をするとこれら全てが日の目を見なかった可能性もあったと思うと、恐ろしくなる。

「もしも、万一、仮にだ。欲しいと思ってくれたものがあれば、受け取って欲しい」

「全てわたしのために用意してくださったんですよね？　全部頂きたいです」

そう言ってわたしはまず、一番手前にあった小さな箱を手に取った。

「これは？」

「それは去年買ったものだ」

「開けてみても？」

「ああ」

そっとリボンを解き箱を開けると、中には見惚れてしまうような美しいブローチが入っていた。

わたしの髪や瞳と同じ色の、とても大きなアメジストが輝いている。

「去年の君は、ドレスに合うブローチが欲しいと言っていたようだったから」

「確かにレックスに、そんなことを言ったかもしれません」

そんな話を聞いて彼なりに一生懸命選んでくれたのだと思うと、愛しさが込み上げてくる。

次にわたしは、少し奥にあった箱を手に取った。先程よりも少し大きな箱だ。

「これは？」

「十四歳の時だ。君はその頃、その店のドレスが好きだった」

「懐かしいです。けれど、小さくてとても着られそうにありません」

箱の中からは可愛らしいドレスが出てきた。とは言え、流石に四年も前のサイズでは着られそうにない。もっと前にこのドレスを着たかったと思うと、悲しくなった。

「……この、妙な木彫りの人形は？」

「それは十五歳の時だ。君が不眠に悩んでいると言っていたから、それを枕元に置くとよく眠れると聞いて買った」

「そ、そうなんですね……」

死ぬ直前の猿のような顔をしたこの人形は、快眠どころか恐ろしい悪夢を見せてくれそうだ。子供が見たら、間違いなく泣くだろう。

ちなみに値段を聞いて、わたしも泣きそうになった。間違いなくぼったくられている。

それからもわたしはフィルと共に一つ一つ箱を開けていき、何歳の頃のものなのか、どうしてこの品を選んでくれたのかを聞いていったのだけれど。

「…………っ」

「ヴィオラ？」

そうしているうちに、いつの間にかわたしの瞳からは涙がこぼれ落ちていた。そんなわたしを見て、フィルはひどく慌てたように名前を呼んだ。

「ど、どれだけ、わたしのことが好きなんですか……」

全ての物に、わたしへの思いが詰まっていて。嬉しくて、涙が止まらなかった。

「……きっと君が思っているよりもずっと、好きだった」

そんな言葉に、余計に涙が溢れてくる。本当に不器用な人だと思う。

気が付けばフィルによって抱きしめられていて、彼はわたしに対して「ありがとう」と呟いた。

お礼を言うのは、間違いなくわたしの方だというのに。


やがて泣き止んだ後、わたしはプレゼントの一つであるクマのぬいぐるみを抱き上げた。

「このクマのぬいぐるみだけ、連れて帰っても良いですか？」

「構わないが、子供向けだろう」

「いいんです。今日からこの子と一緒に眠りますから」

こんなにも可愛らしいのに、ずっと箱の中で眠っていたなんて可哀想だ。そう伝えるとフィルはやっぱり、嬉しそうに「ありがとう」と微笑んだ。綺麗なブローチもまた、付けて帰ることにした。

「他のプレゼントは置いていきますね。持ち帰りたい気持ちは山々ですが、いずれここに住むことになるんですし、この量を何度も移動させるのは大変ですから」

何気なくそう言えば、フィルは何故か再び顔を真っ赤にした。どうやらいずれこの屋敷に住む、という部分に照れたらしい。

「……楽しみに待ってる」

「はい」

先程偶然廊下でお会いした公爵夫妻からも、いずれこの屋敷で一緒に暮らすのが楽しみだと声をかけて頂いた。昔からお二人は、わたしに良くしてくださっている。

また、わたし達の空気が変わったことに気が付いたようで嬉しそうな様子だった。

「たくさんのプレゼント、本当にありがとうございます」

「ああ。こうして渡せて良かった。こちらこそありがとう」

ちなみに、レイにバラされなければこのままずっと黙っているつもりだったらしい。

流石にこの量は引かれると思ったんだとか。それでも思い出の一部のような気がして、捨てることもできずにいたのだという。

正直、これよりも引くようなことは過去に色々とあった気がする。それでもわたしは、そんなところも含めて彼が好きなのだ。

「今年はちゃんと、直接渡してくださいね」

「もちろんだ」

「わたしにもお返しをさせてください。流石にこの量をすぐには無理ですけど」

「ヴィオラにはそれ以上のものを貰っているから、何もいらない」

「それを言うなら、わたしもです」

……今がとても幸せだと思うのと同時に、フィルとすれ違い続けていた過去の時間を惜しく思えてしまうけれど。

これからは、不器用でわたしのことが大好きな彼との時間を大切にしていきたい。

そう思いながら、フィルと過ごしていく未来に胸を弾ませたのだった。

あとがき

こんにちは、初めまして。琴子と申します。この度は『婚約破棄を狙って記憶喪失のフリをしたら、素っ気ない態度だった婚約者が「記憶を失う前の君は、俺にベタ惚れだった」という、とんでもない嘘をつき始めた』をお手に取っていただき、誠にありがとうございます。

びっくりするほど長いタイトルですね。

そもそもこのお話を書き始めたのは、去年の九月、自身の誕生日に「今流行りのびっくりするほど長いタイトルで、明るい楽しい話を書きたい！」と思ったのがきっかけでした。

まさか一年後の九月に、こうして本という形にしていただけるなんて、想像もしていませんでした。今年の最高の誕生日プレゼントになりました。ありがとうございます……！

タイトルとあらすじだけ考えていきなり書き始めたので、まさかフィリップがこんなにもポンコツで可愛らしいヒーローになるなんて……。今では大好きなヒーローです。

とは言え、ひたすら溺愛もののお話を書いてきた私にとって、コメディ寄りのお話は初めてで、正直大変でした。WEBでは一気に読者さまが増え、自身の中でのハードルがかなり上がってしまい、納得がいくまで何度も書き直し、毎日朝方まで強強打破片手に書いていた記憶があります。大人気の真のヒロイン・インコのヴィオちゃんも、深夜に書きながらふと思いついて生まれました。ヴィオちゃんを生み出した去年の自分を、ちょっと褒めてあげたいです。

そして、癖の強すぎるキャラクター達をとっても素敵に描いてくださった雨壱先生、本当にありがとうございます。とにかく顔の良いフィリップ、少し冷めた感じの美人であるヴィオラ、少し遊んでいる感じのあるイケメンのレックスなど、みんな私が想像していたよりもずっとずっと素晴らしくて、感激いたしました……！

ヴィオちゃんまで本当に可愛くて……。お顔から足の先まで可愛いです。とにかく可愛い。

また、「嘘はじ」を本にしないかとお声をかけてくださり、いつも素敵な感想を送ってくださっていた担当様にも、この場を借りてお礼申し上げます。私は褒められて伸びるタイプなので本当に頑張れましたし、沢山こだわってくださったお陰でこんなにも素敵な本が完成しました。

本書の制作・販売に携わってくださった全ての方々にも、感謝申し上げます。

現在、本作はコミカライズ企画も進行中です。釣りのシーンやアイスペールを被るシーンなど、全てが絵で見られるなんて、と私自身、今から楽しみで仕方ありません。

ただ、ヴィオラの刺繡したハンカチなどを描かれる際、漫画家さまがとても悩まれるのではないかと言うことだけが心配です。愛らしいミミズとは一体……。


最後になりますが、ここまで読んでいただきありがとうございました。私にとって「嘘はじ」はとても大切で、大好きな思い出深い作品です。こうして本という形にしていただけたこと、本当に本当に嬉しく思います。ありがとうございます。

これからも、フィリップやヴィオラを見守っていただければ幸いです。

また、ファンレターをいただけると、とても励みになります……！

それではまた、二巻でお会いできることを祈って。

悪役令嬢は
溺愛ルートに入りました!?

SQ EX ノベル

いつの間にやら断罪回避！

前世

STORY

アラサー喪女の庶民だけど、
周りがほっといてくれません！

乙女ゲームの悪役令嬢に転生したルチアーナ。
「生まれ変わったら、モテモテの人生がいいなぁ」
なんて妄想していたけれど。
決めた！　断罪イベントを避けるため、恋愛攻略対象を
全員回避で、今世もおとなしく過ごします！
なのに、待って。どうしてみんな寄ってくるの？
おまけに私が世界で一人だけの『世界樹《ユグドラシル》の魔法使い』!?
いえいえ、私は絶対にそんな貴重な存在では
ありませんから！　もちろん溺愛ルートなんてのも、
ありませんからね——!?

マンガUP!にて
コミカライズ
決定!!

1巻発売即重版！

「悪役令嬢は溺愛ルートに入りました!?」
著◆十夜　イラスト◆宵マチ

大好評発売中♡

マンガUP!
毎日更新
名作&新作100タイトル超×基本無料=最強マンガアプリ!!
GC UP! 毎月7日発売
魔王学院の不適合者
～史上最強の魔王の始祖、転生して子孫たちの学校へ通う～
原作：秋　漫画：かやはるか
キャラクター原案：しずまよしのり
失格紋の最強賢者
～世界最強の賢者が更に強くなるために転生しました～
原作：進行諸島（GAノベル／SBクリエイティブ刊）　漫画：肝匠&馮昊（Friendly Land）
キャラクター原案：風花風花
転生賢者の異世界ライフ
～第二の職業を得て、世界最強になりました～
原作：進行諸島（GAノベル／SBクリエイティブ刊）　漫画：彭傑（Friendly Land）
キャラクター原案：風花風花
神達に拾われた男
原作：Roy　漫画：蘭々
キャラクター原案：りりんら
勇者パーティーを追放されたビーストテイマー、最強種の猫耳少女と出会う
原作：深山鈴　漫画：茂村モト
ここは俺に任せて先に行けと言ってから10年がたったら伝説になっていた。
原作：えぞぎんぎつね（GAノベル／SBクリエイティブ刊）
作画：阿倍野ちゃこ
ネーム構成：天王寺きつね
キャラクター原案：DeeCHA
異世界賢者の転生無双
～ゲームの知識で異世界最強～
原作：進行諸島（GAノベル／SBクリエイティブ刊）　作画：三十三十
キャラクター原案：柴乃櫂人
https://sqex.to/mup
※一部アプリ内課金あり
●「攻略本」を駆使する最強の魔法使い ～<命令させろ>とは言わせない俺流魔王討伐最善ルート～
●おっさん冒険者ケインの善行
●二度転生した少年はSランク冒険者として平穏に過ごす ～前世が賢者で英雄だったボクは来世では地味に生きる～
●最強タンクの迷宮攻略～体力9999のレアスキル持ちタンク、勇者パーティーを追放される～
●冒険者ライセンスを剥奪されたおっさんだけど、愛娘ができたのでのんびり人生を謳歌する
●落第賢者の学院無双 ～二度目の転生、Sランクチート魔術師冒険録～
他
©Roy ©Shinkoshoto/SB Creative Corp. ©SHU 2021

SQEXノベル

婚約破棄を狙って記憶喪失のフリをしたら、素っ気ない態度だった婚約者が
「記憶を失う前の君は、俺にベタ惚れだった」という、とんでもない嘘をつき始めた　1

著者
琴子
イラストレーター
雨壱絵穹

2021年9月7日　初版発行

発行人
松浦克義
発行所
株式会社スクウェア・エニックス
〒160-8430
東京都新宿区新宿6-27-30　新宿イーストサイドスクエア
（お問い合わせ）スクウェア・エニックス　サポートセンター
https://sqex.to/PUB

印刷所
図書印刷株式会社
担当編集
大友摩希子
装幀
小沼早苗（Gibbon）

ISBN978-4-7575-7463-2 C0093　　Printed in Japan